KB067905

군대 나온 여자인데요

군대 나온 여자 인데요

초판1쇄 2024년 1월 3일 **지은이** 신나라 **펴낸이** 한효정 **편집교정** 김정민 **기획** 박화목 **디자인** purple **표지일러스트** 김가지 **마케팅** 안수경 **펴낸곳** 도서출판 푸른향기 **출판등록** 2004년 9월 16일 제 320-2004-54호 **주소** 서울 영등포구 선유로 43가길 24 104-1002 (07210) **이메일** prunbook@naver.com **전화번호** 02-2671-5663 **팩스** 02-2671-5662
홈페이지 prunbook.com | facebook.com/prunbook | instagram.com/prunbook

ISBN 978-89-6782-204-0 03810

*책값은 뒤표지에 있습니다.

이 도서의 국립중앙도서관 출판예정도서목록(CIP)은 서지정보유통지원시스템 홈페이지(http://seoji.nl.go.kr)와 국가자료공동목록시스템(http://www.nl.go.kr/kolisnet)에서 이용하실 수 있습니다.

군대 나온 여자인데요

신나라 지음

ROTC에서
육군 대위로
전역하기까지
MZ 여군의
군대 이야기

푸른향기
Prunbook Publishing Co.

태양의 후예보다 미생에 가까운

2016년 강원도에서 근무할 때 드라마 「태양의 후예」가 방영됐고 당시 최고 시청률을 찍었다. 민간인들도 '~했지 말입니다'라며 유행처럼 '다'나 '까'체를 썼고, 군인이라는 직업에 관심을 가진 듯했다. 나로 말하면 한 회도 챙겨서 본 적은 없고, 재방송으로나 우연히 본 적만 있다. 「태양의 후예」만 아니라 2013년에 시작해 꽤 오랜 기간 인기 예능이었던

「진짜 사나이」도 그랬다.

「진짜 사나이」 방영 초기에 난 대학생인 동시에 장교 후보생 신분이었다. 여름방학 중 4주, 겨울방학엔 2주씩 군사훈련을 받았다. 제식훈련, 사격훈련, 화생방 등 기초군사훈련을 겨우 지나왔는데, 그 과정이 담긴 「진짜 사나이」를 보면 스트레스가 됐다. 사실 방송이 더 빡셌다고 느껴진다.

예능을 다큐로 받은 거지만 좋았던 점도 있다. 입영 훈련[1] 때 가족, 친구들에게 편지를 받으면 할 얘기가 많았다. 엄마는 편지에 '거기에도 군대리아가 있니?'라고 썼다. 맛이 궁금하다며. 엄마는 30년에 가까운 시간 동안 군인의 아내로 살았지만, 「진짜 사나이」를 통해 군대를 더 많이 알게 됐다.

「태양의 후예」는 똑같이 군인을 다루었지만, 하루하루 살아내기에 바쁜 내 일상과 먼 얘기였다. 솔직히 말하면 유시

---

1 입영 훈련: 병영(군부대)에 들어가서 받는 훈련. 학군단에 소속된 장교 후보생들은 학기 중엔 대학교에서 생활하다 방학기간에 논산 육군훈련소, 괴산의 육군학생군사학교 등에 소집되어 군사훈련을 받는다.

진 대위, 서대영 상사처럼 잘생긴 군인이 어디 있냐는 불만이었지만, 나도 윤 중위(김지원)가 아니고 송혜교가 아니니까. 이때 민간인 친구들이 유시진 대위 같은 사람 많이 있냐고 물어봐서 곤란했다.

한 회 한 회 챙겨보지는 않았지만, 명장면과 명대사는 안다. 특히 '군인은 수의를 입고 산다'는 장면은 전 부대에서 장병 정신전력 교육 영상으로 활용될 만큼 감동적이었다.

군인은 늘상 수의를 입고 산다. 이름 모를 전선에서 조국을 위해 죽어갈 때, 그 자리가 무덤이 되고 군복은 수의가 된다. 군복은 그만한 각오로 입어야 한다. 그만한 각오로 군복 입었으면 '매 순간 명예로워라' 안 그럴 이유가 없다.

현역 군인 중에서도 나와는 다르게 「진짜 사나이」와 「태양의 후예」를 좋아해서 챙겨본 사람도 많았다. 어쨌든 대학교 학군단에 입단한 2012년부터 2020년 대위로 전역하기까지 내 군 생활은 「태양의 후예」 같은 로맨스물이 아니라 「미생」에 가까운 오피스물이었다.

소위로 처음 발령받고 한동안 사무실에서 커피 타고 복사 많이 했다. 그때는 내가 여군이라 그런 일을 했다기보다 초임장교이고 신입사원이라서 했다는 생각을 스스로 많이 했다. 간부들 중 막내였고, 같은 사무실에서 근무하던 병사들은 나보다 군 생활을 먼저 시작해 노련한 면이 있었다. 아이스커피 탈 때 얼음 8개 넣으라는 팁을 준 것도 병사들이다. 그만큼 커피를 많이 탔다.

교육기관에서 학생장교로 있을 때와 전방부대 부대원으로 생활하는 괴리는 어찌나 큰지 호국보훈의 달 6월에 전입해 바로 예하부대 순회교육에 투입됐는데, 부대마다 교육장이 각양각색이었다. 푹푹 찌고 습한 날씨에 전차 정비 중인 전차고에서, 다음 끼니를 준비하고 있는 병영식당에서 교육을 진행한 적도 있다. 그나마 에어컨과 단상, 빔프로젝터가 있는 교회에서 교육하는 날은 여건이 좋은 편이었다.

옛날에 군 생활한 사람들은 지금 군대 많이 좋아졌다고 얘기하고, 당연히 그때 그 시절보다는 많이 개방되었지만, 아직 우리 사회에서 군대는 가깝게 느껴지진 않는 것 같다. 민간인 여자친구들에게도 군대는 '폐쇄적인 조직' 혹은 '환상 속의 어디'다. 그들의 상상 속에서 나는 매일 연병장을 뛰어다니고, 전차를 타고 들판을 누볐을 것만 같다. 아니면 위장크림 바른 얼굴로 병사들에게 소리를 지르거나 특공무술을 하고 있을 것 같다.

군인 아파트에서 자라며 당연히 군인이 될 거라고 생각했던 나. 파티시에, 작가, 아나운서, 선생님 등등으로 장래희망은 자주 바뀌었지만, 결국 군 복무를 하게 되었다. 군인이 된 이유는 너무 자연스러웠고 오랜 꿈이었기에 제대하면 세상이 무너질 줄 알았는데, 전역한 지금은 하루하루 새롭고 하고 싶은 일이 생겨서 신기하다.

환상과 희망을 품고 아무것도 모르는 채로 군대에 가서 상처도 많이 받았다. 돌아보니 단지 군대라서가 아니라 첫 사회생활, 첫 조직생활이었기에 그랬던 것도 있다.

모든 것이 지나고 이제 조금씩 그때를 기록해 본다. 6년 4개월이라는 시간 동안 모범적이거나 엘리트 장교도 아니었고, 특수임무를 맡거나 비상시에 크게 활약한 경험도 없다. 하지만 여군으로서 차별에 맞서고, 또 억울하게 군사 법정에 서며 살아서는 군대 밖으로 못 나올 것이라고 생각한 적도 있다.

이런 쌈닭 꼴통도 군대를 나와 잘살고 있다. 군 생활이 인생의 전부가 아니고, 사회에 나와보니까 군 생활과 사회생활이 생판 다르게 느껴지지도 않는다. 때로는 시트콤 같고 때로는 다큐멘터리 같았던 군대 이야기가 '군대도 사람 사는 곳'이라는 걸 보여주면 좋겠다.

전역하면서 다짐했던 것이 있다면, 군대를 먼저 나온 내가 우리 군과 군 장병들의 서포터즈가 되어야겠다는 것이다. 신성한 국방의 의무를 위해 오늘도 그 자리에서 묵묵히 복무하는 장병들에게 감사와 존경의 마음을 보낸다.

목 차

Chapter 1 군인이 되다

Chapter 2 여자 군인으로 산다는 것은

Chapter 3 남자친구들은 늘 제대하라고 말했다

Chapter 4 그 선을 넘지 마오

Chapter 5 내 인생의 전우가 되어줘서 고맙습니다

Chapter 1

군인이 되다

김삼순과 나설칠

드라마 안 보는 척, 무관심한 척은 혼자 다 하면서 실은 아직도 드라마 같은 일상을 꿈꾼다. 인생은 한 번뿐이고 나로만 살 수 있어서 다른 선택을 했다면 지금 어떤 모습으로 살고 있을지 너무 궁금하다. 만약 그때 다른 드라마를 봤다면 어떤 직업을 가졌을까?

– 한번 들으면 잊을 수 없는 이름

– 딸 부잣집

– 유니폼을 입는 전문직

(이제야 알게 된 김삼순과 나설칠의 공통점)

중학교에 입학하니까 CA(Club Activity)를 선택하라고 했다. 나 때는 월요일부터 토요일까지 학교에 갔다. 학교 안 가는 토요일 일명 '놀토'가 격주로 시행됐고, 놀토 아닌 토요일에는 클럽활동을 했다. 과학탐구반, 방송반, 태권도부, 서예반 등 다양한 과목 중에 눈에 띄는 '케이크 데코레이션'반에 들어가서 색깔 있는 버터크림으로 하트 모양도 악어 모양의 케이크도 만들어 반 친구들과 나눠 먹었다.

그리고 중학교 2학년이 됐는데 드라마 「내 이름은 김삼순」이 방영되기 시작했다. 명칭도 생소했던 파티시에가 주인공이었는데, 왠지 동네 빵집에서 일하는 것과는 달라 보였다.

"저거야! 내가 나중에 하고 싶은 일이 바로 저런 거야!"

비록 한 학기였지만 케이크 데코레이션반 활동이 재미있었고, 내가 만든 케이크를 남들이 맛있게 먹는 것이 뿌듯했다. 달콤한 냄새를 퐁퐁 풍기고 다니는 사람, 얼굴에는 항상 밀가루가 묻어있을 것 같았다. 하루 종일 내가 좋아하는 빵과 쿠키, 초콜릿을 만들 수 있겠지? 하얀 조리복과 색색의

스카프도 마음에 들었다. 이름은 또 어떤가. 나 역시 줄곧 놀림 받은 이름이라 본명 '김삼순'을 너무 싫어하는 삼순이에 이입이 됐다. 그래. 내 길은 삼순이구나. 일찍이 장래희망을 찾은 행운아가 됐다.

엄마 아빠를 졸라 제과제빵학원에 다니며 필기시험을 보고, 방학에는 문화센터에서 주부 수강생들과 함께 실습을 해서 제과기능사 자격증을 땄다. 실업계 고등학교가 특성화고로 바뀌고 있었다. 미디어고, 컨벤션고 등등 인문계보다 대학에 가기도 쉽다고 홍보했다. 그 시기를 틈타 나는 경기도의 한국조리과학고등학교를 가고 싶었지만 아빠는 멀고, 비용이 많이 들고, 요리는 고생이라는 생각에 강하게 반대했다. 결국 인문계 고등학교에 진학했고, 고1 때까지 내 장래희망은 '파티시에' '아나운서'라고 쓰여있다.

고등학교 3년 내내 담임선생님들은 다 남자였는데, 고1 때 담임선생님은 일찍부터 내게 육군사관학교 진학을 목표로 공부하라고 했다. 선생님은 JSA(남북 공동경비구역)에서 병사로 군 복무를 했었고, 선생님의 아버지가 군무원 생활을 오래 하셨기에 군인 딸인 내게 장교가 되기를 추천한 것이다.

"안 합니다."

"다른 건 다 해도 군인은 안 합니다."

엄마 아빠가 맞벌이를 했어도 늘 넉넉하지 않았던 형편, 추울 때 춥고 더울 때 더웠던 낡은 군인 아파트에서의 생활이 싫었다. 어느 대기업은 대학원 학비까지 지원된다던데, 공무원인 군인은 대학교 등록금도 대출을 받아야 한다. 딸 셋인 우리 집에서 급식비와 학교 운영비는 밀리기 일쑤였고, 행정실에 불려가는 일이 어찌나 창피하던지. 잘못도 없는 엄마를 많이 미워하고 화를 냈다. 왜 동생들 급식비는 안 밀리면서 꼭 내 급식비만 밀리냐고.

다른 직업은 다 해도 군인은 안 한다. 군인이랑 결혼도 안 할 거다. 늘 그렇게 생각했는데 군인이 되라니. 나를 무시하는 것 같았다. 담임선생님의 군인이 되라는 말에 씩씩댔는데, 과외 선생님이었던 교회 오빠조차 가깝고 학비가 전액 지원되는 육사에 가라고 해서 분노했다. 그때는 딱히 파티시에 아니면 되고 싶은 직업이 없었고, 책 읽고 말하는 걸 좋아하니 아나운서를 생각했다.

문제는 드라마였다. 바람 잘 날 없는 딸 부잣집 이야기 「소문난 칠공주」가 시작된 거다. 가난한 집안의 삼 형제 중 장남이었던 우리 아빠는 군 장학금으로 고등학교를 다녔고, 졸업과 동시에 부사관으로 입대했다. 출장이 잦아서 항상 바쁜 아빠였기에 어렸을 때 아빠와의 기억이 많지 않았다. 초등학생 때는 어린 마음에 '아빠는 너무 바빠서 내 결혼식에도 못 올 거야. 그러면 작은아빠의 손을 잡고 들어가야지'라고 생각했다.

그렇지만 마음속 깊은 곳에서는 아빠를 대단한 사람, 존경스러운 사람이라고 생각했는지 아빠가 하는 건 다 맞는 것 같고 멋있어 보였다. 출장 간 아빠의 전투복을 입어 보고, 정복 모자를 쓰고 거울 보며 경례했던 어린 내 모습이 떠오른다.

차츰 부사관 아버지 '나양팔'의 자랑, 열 아들 안 부러운 둘째 딸 나설칠 대위가 보였다. 침착하고 털털한 성격에 화나고 속상한 일이 있으면 연병장에서 달리기를 한다. 조용한 카리스마로 중대를 지휘하는 모습도 멋있어 보였다.

유니폼은 또 얼마나 익숙한지. 익숙한 건 얼마나 편안하게 느껴지는지. 송충이는 솔잎을 먹어야 한다는 말처럼 군인의 딸이 군인 되는 것이 너무 자연스럽다고 느꼈다. 주위 사람들이 괜히 장교가 되라는 게 아니었구나. 나만 운명을 거부하고 있었구나, 유난 떨었구나 생각했다.

청개구리 기질도 한몫했다. 내가 육군사관학교에 가야겠다고 하자 고2 담임선생님은 잊지 못할 어록을 남겼다.

"나는 네가 육사 말고 서울대를 갔으면 좋겠구나."

너무 진지하게 말씀하시기에 웃을 수도 없었다. "제가 서울대를 어떻게 가요?" 했을 때 지하철 타고 버스 타고 가라는 말처럼 들렸다. 어쨌든 서울대는 멀고 육사는 가까웠다. 물리적으로도, 심리적인 거리도. 고2 때 장래희망에는 '군인', 고3 때 장래희망에는 '장교' '아나운서'라고 썼다.

여고인 우리 학교에서 육군사관학교 시험을 본 건 나뿐이었고, 그렇게 여기저기 떠들고 다녔지만, 수학이 발목을 잡아 1차 필기시험에서 떨어졌다. 시험을 마치고 나오는 길, 전국에서 올라온 재수학원 버스가 육사 정문을 나가는 것을 보며, 한번 떨어졌으니 재수를 하지 않으면 육사를 입학할 방법이 없을 것 같았다. 아빠 말대로 간호사관학교 시험에 도전해 볼 걸 생각했으나, 비위가 약해서 간호장교는 절대 못 할 거라고 생각했다.

사관학교 시험 한 번 본 것만으로 족하다! 나는 군인이 될 운명은 아닌가 보다! 아쉬운 마음 반, 후련한 마음 반으로 대학 입시를 준비했고, 결국 경희대 국어국문학과에 입학하게 된다. 그렇게 군인이 되려던 마음은 자연스럽게 잊혔고, 중고등학생 시절 내내 도서부에서 활동하며 즐거웠기에 대학을 졸업하고 출판사에 취직하거나 작가가 되어 있겠거니 했다.

그렇게 대학 생활을 즐기던 어느 날, 인생의 진로가 180도 바뀌는 사건을 경험하게 된다.

천안함 피격사건과 연평도 포격도발

2010년은 대학에 입학했고, 아빠가 원사로 진급했으며 남아공 월드컵이 열린 해였다. 첫 아르바이트를 시작했고, 가수 '달빛요정역전만루홈런'이 사망했다. 남자 선배들과 친구들은 하나 둘 군에 입대했다.

대학생이 되면 연애도 공부도 옛날 시트콤 「논스톱」 같은 일상이 펼쳐질 줄 알았다. 하지만 대학 생활은 꼭 고등학생의 연장선 같았다. 야간자율학습 할 시간에 동아리, 학회 활동하고 치맥 하는 건 좋았다. 그렇게 잔잔한 새내기의 3월을 보내고 있던 어느 날 남이섬으로 국문과 MT를 갔다.

그때는 짚라인이 없었는지, 짚라인이 있었지만 사람이 많아서 그랬는지 우리는 작은 배를 타고 섬까지 들어갔다. 그 찰나의 시간에 '강'을 주제로 미니 백일장이 열렸고, 고심하며 쓴 짧은 시에 교수님이 문화상품권을 주셨다. 밤새 술 게임으로 '후라이팬'과 '그랜다이저'를 열나게 했던 그날이 금요일 밤이었다.

토요일 아침 서울로 복귀하는 관광버스에 올라 뉴스 속보를 봤다. 우리나라 해군 천안함, 그리고 내 나이 또래 수병들의 얼굴을 봤다. 그때까지만 해도 아빠는 연평도, 백령도 등 섬으로 출장을 자주 다니셨다. 뉴스를 보자마자 아빠가 생각났다. 전화를 했더니 아빠도 뉴스를 봤다고 했다.

그 후 아빠는 천안함 사건의 원인을 규명하기 위한 '민군합동조사단'의 일원이 되어 긴 출장을 가셨다. 4월에도 5월에도 TV에서는 천안함에 관련된 뉴스가 계속되었다. 문이과대 매점에서, 청운관 지하 카페에서, 천안함 인양하는 장면을 봤다.

벚꽃 핀 봄이 되었는데도 캠퍼스가 너무 춥게 느껴졌다. 가장 큰 건 죄책감이었다. 나와 비슷한 나이의 사람들이 한

순간에 그렇게 됐다. 우리가 MT라고 맘 편하게 술 마시고 밤새 놀던 그 시간에. 한동안 난 그 MT를 떠올리지 못했다. 그 사이 월드컵이 지나고, 함께 '달빛요정역전만루홈런'의 공연을 보기로 한 약속도 깨지고, 남자친구들은 입대할 계획을 세우고 있었다.

그렇게 11월이 됐고, 또다시 북한의 연평도 포격이 있었다. 이미 입대 신청한 선배와 친구들은 이거 입대가 아니라 참전[2]이 되겠다며 걱정했다.

2010년에는 전쟁이 다시 일어날 수도 있다고 생각했다. 그렇게 되면 내가 뭘 할 수 있을까? 뭘 해야 나중에 후회하지 않을까, 떳떳할 수 있을까? 생각이 들었다. 이때 든 마음은 의협심이나 애국심이 아니었다. 솔직하게 말하면 '쟤들(남자 선배, 동기들)도 뭔가 할 텐데, 그럼 나도 해야 된다'였다.

딸 셋인 우리 엄마 아빠는 "여자가 ~해야 한다/안 된다" 이런 말을 안 했다. 오히려 운동이건 악기건 해보고 싶은 건 다 해봤고, 뭐든 할 수 있고 뭐든 될 수 있다는 신념이 있었다. 아빠는 내가 초등학생 때 축구화와 스타크래프트 CD를 선물하기도 했다.

---

2 참전 : 전쟁에 참가함

내가 기억하는 어린 나는 항상 내성적이고 조용했다. 근데 엄마는 방학식 날이면 남자친구들이 가방을 들어다 주고(들라고 시킨 것 아님) 우리 집에서 김치볶음밥을 한 솥 먹고 간 걸 인상 깊게 기억한다. 돌아보니 난 웬만한 남자애들은 우습게 봤고, 건방진 놈들은 적절히 응징함으로써 '조폭마누라'라는 별명도 얻었다.

어쨌든 2010년, 천안함 피격사건과 연평도 포격도발을 목격한 그때 나도 행동을 해야겠다 싶었다. 딸 셋인 우리 집에서 누구 하나 군대에 가야 할 텐데 그게 나다 싶었다. 이제라도 부사관 시험을 봐야 하나? 학사장교는 대학 졸업반 때 지원할 수 있어서 너무 늦을 것 같은데….

그러다가 대학교 2학년이 되었다. 우리 학교에도 여성 학군단 후보생을 모집한다는 플래카드가 여기저기 붙었다.

나 ROTC 나온 여자야

"나 이대 ROTC 나온 여자야~"

이 말이 개그 소재로 쓰이던 때가 있었다. 자매품으로는 가톨릭대학교 불교학과, 제주대학교 감귤포장학과 등이 있다. 그땐 ROTC[3] 가 남자 대학생들만의 영역이었기에 이화

3 ROTC(Reserve Officers Training Corps): 초급장교를 충원하기 위해 미국의 학생군사교육단(ROTC) 제도를 도입하여 전국 종합대학 내에 설치한 학생군사훈련단.(네이버 한국민족문화대백과)

여대 ROTC는 말이 안 되는 그저 웃긴 상황일 뿐이었다. 하지만 '이대 ROTC 나온 여자'는 곧 현실이 된다.

2010년, 숙명여대를 비롯한 7개 대학(숙명여대, 고려대, 명지대, 충남대, 전남대, 영남대, 강원대)에서 여성 학군사관 후보생을 시범 모집했다. 그다음 해인 2011년부터 학군단이 설치된 모든 4년제 대학에서 여자 후보생을 모집할 수 있게 됐다. 이화여대는 2016년 11월에 학군단이 창설되며 세 번째 여대 학군단이 되었다.(숙명→성신→이화)

* ROTC는 예비 장교들을 교육하는 기관의 이름인데, 후보생들 스스로나 타인이 후보생을 얘기할 때 "쟤 ROTC잖아"처럼 쓰기도 한다. 사람을 가리킬 때는 '학군사관후보생', '장교 후보생'이라고 하는 게 맞지만, 엄격하게 구분해서 쓰진 않았다.

* 비교)

육군사관학교(기관) / 생도(신분)

ROTC(기관) / 학군사관 후보생(신분)

우리 학교에도 여성 학군단 후보생을 모집한다는 플래카드가 걸렸다. 올 게 왔구나. 잊고 있었던 군인의 운명이 나를 찾아낸 느낌이었다. 마음은 반반이었다. ROTC냐, 학사장교냐.

학군단은 대학교 3, 4학년 때 군사훈련을 받고 졸업과 동시에 육군 소위가 된다. 학사장교는 학사학위가 있어야 지원할 수 있어서 대학을 졸업하고 군사훈련을 받아 소위로 임관한다. 군대를 간다 안 간다의 고민은 없었나 보다. 다만 한 살이라도 어릴 때 군대를 가야지 정신적으로 육체적으로 빨리 적응할 수 있겠다고 생각했다. 그리고 군에 가서 후회한다. 천천히 입대할걸….

혼자 고민해서는 답이 안 나왔다. 육사에 한 번 떨어지고 나니 엄마 아빠한테는 괜히 설레발치며 말하기가 뭐했다. 학군단에 전화를 걸었고, 그 전화 한 통이 나를 학군단으로 인도하게 된다. 모든 제도는 첫 시작과 시범 케이스가 필요한 법, 만약 내가 학군단에 지원해서 합격하면, 남녀공학인 우리 대학에서는 첫 여군 ROTC 후보생이 되는 거였다.

남군 ROTC 후보생은 대학교에서 선발하는 반면, 여군 ROTC 후보생은 지역마다 인원을 제한해 두어서 선발이 어려웠다. 사관학교도, 학사장교도 여군 경쟁률이 높아 재수, 삼수생도 많다. 때문에 우리 학교 학군단에서는 서류만이라도 넣어보라고 했던 기억이 난다. 선발이 될지 안 될지는 모르는 거라면서….

대학교 학군단은 군사기관이기 때문에 현역 군인들이 교관으로 근무한다. 당시에는 학군단장님 한 분, 훈육관 두 분, 행정보급관 한 분과 운전병들도 있었다. 우리 대학 선배님이자 훈육관(선임 교관)으로 계셨던 이수용 교관님께서 여성 ROTC 선발에 열정이 크셨다. 그때 학군단에 관심을 보인 나와 여학생 세 명, 총 네 명은 교관님의 밀착 관리를 받게 된다.

학기 초에 여기저기 붙은 플래카드, 전공 수업 시간 전에 들어와서 학군단 모집 홍보를 했던 선배들을 보며 남자친구들이 말했다.

"나라야, 너 저거 지원해 봐라."

"이미 했으니까 닥쳐…."

응시원서를 제출하고, 장장 1년에 걸친 선발과정에 선임 교관님과 대학 학군단의 관심이 있었다. 처음에는 여학생들이 체력검정을 통과할 수 있을지, 군대 문화에 적응할 수 있을지 의문을 가지고 거부감을 표현한 선배도 있었다고 한다.

그러나 필기시험 준비하며 팁을 알려주고, 체력시험을 대비할 때 함께 운동장을 뛰어주며 우리가 학군단에 입단해서 생활하기까지 선배들의 노력도 컸다.

대학교 2학년 생활이 그렇게 정신없이 지나고 학군단에 최종 합격했다. 제식훈련, 총검술 등 전격 기초군사훈련 준비를 하고 머리를 잘랐다. 동계 입영 훈련을 앞둔 겨울이었다.

인원 식별 제한 : 군대용어

“어머니 안경 맞추셨네요? 원래 안경 쓰셨어요?”

“응~ 요즘 눈이 나빠져서, 인원 식별이 제한되더라구~”

몇 해 전 친구 어머니(예비역 육군 중령)와의 대화가 기억에 남았다. 후보생 시절 함께 훈련받으며 친해진 남군 동기의 어머니가 군인이자 같은 병과(군사특기) 대선배님이셨다. 만약 같은 대화를 다른 사람과 했다면 “응~ 눈이 안 좋아져서 사람을 못 알아보겠더라구” 정도로 말했을 텐데 너무 자연스럽게 나온 군대용어 '인원' '식별' '제한'. 두 여자의 대화에서 어찌나 군인티가 나는지 계속 웃었다.

주간 잡지 『대학내일』에서는 '전역 후에도 고통받는 군대 습관 6가지'라는 제목의 기사가 나온 적이 있다. 그중 하나는 시간을 24시간 단위로 얘기하는 것이다. 그렇지만 다른 군대용어와 마찬가지로 한번 쓰기가 어렵지 입에 붙으면 너무 편리한 게 시간 표현이다. 오전 10시는 열 시, 오후 10시는 이십이 시로 얘기한다. 육군은 13시를 십삼 시, 17시를 십칠 시로 얘기하는데, 해군은 열세 시, 열일곱 시라고 표현하는 게 다르다.

또 하나는 말을 못 들었을 때다. 누가 얘기했을 때 못 들었으면 "네?" "뭐라고요?"라고 되묻지 않고 "잘 못 들었습니다"라고 말하는 것이다. 때론 의도적으로 "못 들었습다?"라고 까부는 아이들도 있고, 나도 선배들한테 많이 그랬다. 이 말은 군인들끼리 썼을 때는 자연스러운데, 민간인들한테 썼을 때 괜히 민망해진다. 주로 갓 제대한 남자친구들이 편의점에서 많이 썼다고. 점원이 "1,300원입니다" 했을 때 습관적으로 "잘 못 들었습니다?"라고…. 차별화 전략으로는 "다시 한번 말씀해 주시겠습니까?"가 있다.

단어 중에는 '짬'만큼 다양하게 활용되는 게 있을까? '짬'

은 공식적인 용어는 아니고 대표적인 군대 은어다. 짬밥은 병영식, 군대에서 먹는 급식을 얘기하는데 잔반을 처리할 때는 '짬 처리한다'고 얘기한다. 여기서 파생되면 '짬 때린다'라는 관용어가 되는데, 자기 일을 남에게 미룰 때 흔히 쓴다.

또 짬밥을 먹은 만큼 군 생활을 한 것이기 때문에 계급 차이를 '짬 차이'라고도 한다. 군에서는 '짬'을 순화한 단어로 '군 경력'을 제시했다.

짬찬 말년 아저씨 → 순화 : 군 경력을 다 채운, 전역이 임박한 인접 중대 전우

후보생 때부터는 "좋습니까?"라는 말을 자주 썼다. "선배님 전화드려도 좋습니까?" 또 상사 집무실에 들어갈 때 "정훈장교입니다. 들어가도 좋습니까?"라고 말한다. "됩니까, 안됩니까" 대신 "좋습니까?"를 쓰니까 최대한 긍정적인 답을 이끌어내기 위해 즐거운 고민을 했다.

한자도 너무 많다. 업무나 약속, 연락이 불가능할 것 같은 때 "안 됩니다" 대신 "제한됩니다"라고 한다. 일을 계획하고 시작할 때는 "추진한다"라고 하고, 상급자에게 "말씀드리겠

습니다" 대신에 "보고드립니다"라고 한다. 이 정도는 회사에서도 쓰는 용어 같다.

그중에 '거수', '거수경례', '거동수상자'는 대혼란이었다.

거수: 손을 위로 들어 올림

거수경례: 오른손을 들어서 하는 경례

거동수상자: 행동이 수상한 사람. '거수자'로 줄여 쓴다.

멘붕이었다. 처음 기초군사훈련을 받았을 때, '거수자 접근, 거수자 접근'이라는 통신을 듣고 '손을 든 사람이 접근한다는 건가?'라고 혼자 생각했다. '파지해라(움켜잡아라)', '입감했다(잘 알아들었다)' 등 군인들 사이에서만 소통이 원활한 한자 용어가 너무 많다.

요새는 병영 언어를 순화해 사용할 것을 권장한다. 내무반은 '생활관'으로, 구보는 '뜀걸음'으로, 요대를 '허리띠' 등으로. 좋은 현상이다. 입대 전이나 전역 후에는 전혀 사용할 일 없는 한자어가 너무 많았다. 군대 말투라고 알고 있는 '다'나 '까'도 이제는 '요'자 쓰는 것을 권한다. 실제로 부사관-장교 동료 사이에서는 '요'를 자연스럽게 쓰지만, 선-후배 사이에서 '요'를 쓰는 것은 많이 못 봤다.

개인적으로 다나까체는 익숙하고 좋아해서 전역 후에도 자주 쓰고 있다. 특히 회사 상사들과 동료들이 좋아한다. '다'나 '까'체로 얘기하면 중요한 내용부터 말하게 되고, 끝맺음이 분명해서 또렷한 인상을 준다. 여자 동료들은 나와 자주 얘기하면서 '다', '까'체가 입에 붙는다. 친구들은 나를 중대장님이라 부르며 '~했지 말입니다' 하고 말도 안 되는 다나까체를 쓴다. 군대 있을 땐 몰랐는데 사실 다나까체, 좀 귀엽다.

우리는 붕어빵 부녀(父女) 군인!

- 제4회 국방FM 군인·군인가족 생활수기 공모전 최우수상(2017)

'딸, 올 때 캔커피 열 개만 부탁해^^'

얼마 전 아빠가 속한 부대 훈련장을 지나는 길에 받은 메시지다. 작열하는 가을 태양 아래 훈련하는 아빠를 생각하며 어련히 시원한 음료를 사 가련만, 철부지 딸이 못 미더운가 보다. 무거운 양손, 뿌듯한 마음으로 음료수를 전하고 나니 그새 까끌까끌한 턱수염이 자라고 까맣게 그을린 얼굴이 보인다. 올해로 아빠는 군에서 31년, 나는 3년째 복무 중인 부녀(父女) 군인이다. 전투복을 입고 부대에서 만나는 아빠는 아직도 어색하다. 그래도 이 순간을 놓치고 싶지 않다. "아빠, 우리 사진 찍어요!" 두 사람의 사진은 어느새 엄마의 메신저 프로필에 담긴다. '붕어빵 부녀'라는 대화명과 함께.

"탄약 반장님~ 그럼 훈련 수고하세요~"

놀리듯 아빠에게 인사하고 훈련장을 나선다. 호랑이처럼 무서운 원사 탄약 반장에게 웃으며 인사하고 떠나는 여군 중위를 병사들은 신기하게 쳐다본다. 부대는 조금 떨어져 있지만 같은 사단에 근무하다 보니 이런저런 일들이 많이 생긴다. 아빠와 나를 따로따로 알던 사람들이 뒤늦게 우리가 가족인 것을 알고 놀라기도 한다. 가족 다섯 명 중 아빠와 나는 양띠에 B형, 이성적이고 욕심 많은 성격까지 똑같은 붕어빵이다.

아빠와 엄마는 첫아이의 이름을 '나라'라고 지었다. 엄마는 신나게 살라는 뜻이었고 아빠는 나라를 위한 사람이 되라는 동상이몽이었다. 이름만 나라였으면 얼마나 좋았을까. 놀리기 딱 좋은 내 이름 '신나라'는 신라면, 신나리, 신난다 등등… 내게 엄청난 별명을 붙여주었다. 또 스트레스였던 것은 새 학기마다 출석부를 보고 빵 터지는 선생님들의 웃음이었다. 눈에 띄는 이름 덕(?)에 매년 임시회장을 거쳐서

회장을 맡고 그것도 모자라 수업 시간마다 선생님들은 발표를 시켰다. 혼자 책 읽는 것을 가장 좋아하던 내성적인 아이는 자연스럽게 '나다 싶으면' 손을 들고 나서는 외향적이고 터프한 성격으로 바뀌었다. 출장을 가신 아빠의 정복을 걸쳐보고, 정모를 쓰고 거울에 경례를 했던 어린 내 모습이 가끔 생각난다. 초등학교 다니는 내내 군인이 될 거라고 얘기했는데, 엄마는 적극적으로 찬성했지만 아빠는 좋지도, 싫지도 않은 표정이었다. 아마 그러다 말 거라고 생각하셨나 보다.

아빠의 예상대로 내 장래희망은 파티시에, 아나운서, 선생님 등으로 계속 바뀌어 옛날에 생각하던 군인과는 멀어졌다. 사춘기를 맞으며 다른 이유도 있었다. '돈을 많이 벌어야 한다.' 어릴 적 군인 아파트에 살면서 무의식적으로 군인은 불편, 가난과 친하다고 생각해서일까? 딸 셋인 우리 집은 늘 꼭대기 층에 살았고, 그때만 해도 낡은 군인 아파트에는 엘리베이터가 없었다. 겨울엔 난방을 해도 추워서 패딩조끼를 입고 생활했고, 자기 전에는 내복을 미리 이불 안에 깔아두었다가 따뜻해진 옷을 입고 잤다. 연예인들이 사는 강남의 호화 주택 사이에서 군인 아파트는 눈에 띄었다. 촌지를 요구하는 초등학교 선생님도 있었다. 걸레를 하도 빨아서 빨

갛게 부르튼 내 손을 보고 엄마는 담임선생님에게 편지를 보냈다. 드리고 싶어도 남편이 군인이라 드릴 수 있는 것이 없다고, 딸 대신 걸레를 빨겠다고 밤새 울면서 편지를 썼다. 그 후로 선생님은 군인 자녀들을 괴롭히지 않았다. 그런 기억 때문인지 점점 군인이란 직업을 싫어하고 나라를 원망하는 마음이 생겼다. 나라를 위해 헌신하는 군인과 가족들이 초라하게 살아야 되는 것이 싫었다. 고1 때 담임선생님이 육군사관학교에 갔으면 좋겠다고 했을 때, "군인이 되라고요? 지금 저 무시하세요?"라고 대답했다.

우리 말과 글에 관심이 있던 난 대학교 국문학과에 진학했다. 2010년에 대학에 입학했는데, 그해 우리나라에 있었던 큰 사건으로 내 가치관과 진로는 180도 달라진다. 바로 천안함 피격사건이다. 새내기 MT에 갔다가 돌아오는 관광버스 안에서 우리나라 초계함인 천안함이 피격되었다는 뉴스를 보았다. 그리고 이어지는 사망, 실종자 46명의 얼굴들…. 남의 일 같지 않았다. 당장 내 아버지가 군인이고, 가장 친한 친구가 군인이었기 때문이다. 슬픔을 넘어 분노와 충격에 휩싸여있었다. 그때 아버지는 사건의 원인을 규명할 민·군 합동조사단의 일원이 되어 긴 출장을 가셨다. 두 달 정도 지났을까? 천안함이 북한의 어뢰 공격으로 침몰되었다는 공식 발표가 났다. 어떤 사람들은 이 사건을 '자작극'이라고 했다. 군대를 막 제대한 예비역 선배들 역시 이런저런 말을 덧붙였고, 사건은 가십거리가 되었다. 뭔가 잘못되었다고 느꼈다. 군 생활을 직접 한 사람들이 왜 잘못된 정보를 얘기하고 다니는지 궁금했다. 임무를 마친 아빠는 우리 가족 곁으로 돌아오셨지만, 천안함 46용사와 故 한주호 준위는 바다에서 돌아오지 못했는데…. 그들에게 부끄럽지도 않은 걸까? 감사하지도 않은 걸까? 오랜 시간, 수많은 의문 끝에 군인이 되어야겠다고 생각했다. 아빠를 비롯한 대한민국의 군인들이 멋지고 더 자랑스러울 수 있는 방법을 찾고 싶었다.

아빠는 반대하셨다. 좋은 직업을 가지고 편하게 살았으면 좋겠다고, 네가 군대에 가면 동생들도 다 군인이 될 거라고 하면서 말리셨다. 그러나 지금 생각해 보면 욕심 많은 딸이 조직에서 적응을 못하고, 폐가 될까 봐 걱정하셨던 마음도 느껴진다. 운명은 내 편이었는지, 여성 학군단 후보생을 모집한다는 플래카드가 캠퍼스 여기저기 붙었다. 나를 위한 기회인 것 같았다. 1년간 체력단련과 면접 준비를 해서 최종 합격을 한 후에야 아빠께 얘기할 수 있었다. '아빠는 아들이 없어서 군대 간 자식 걱정은 안 할 줄 알았는데….' 논산훈련소에서 받은 아빠의 편지를 읽으며 죄송한 마음에 많이 울었다. 그게 벌써 오래전 추억이 되었다.

아빠는 초급간부인 내게 "가정은 하나의 부대이고, 부대도 하나의 가정이다"라고 강조하신다. 그런 만큼 아빠와 난 복잡하고 다양한 갈등을 겪는다. 계급 간 갈등, 성별의 갈등, 세대 간 갈등…. 우리 부녀의 갈등에서 유추해 보았을 때 현재 병영에서 중견간부와 초급간부, 간부와 용사가 트러블이 많은 이유는 '세대 간 갈등'인 것 같다. 아빠 세대 군인들은 '단체생활, 인내, 극기'와 같은 가치를 중요시하고 그렇게 살았다. 반면 젊은 요즘 군인들은 '개인, 자유, 표현'과 같은 가치가 존중되었을 때 더 의욕적으로 생활한다. 요즘 군인은 퇴근 후에 자기 계발에 관심이 있고, 예전 군인은 24시간 군인의 모습으로 산다. 아빠는 가끔 내게 "왜 소대장들은 커피 타 달라고 안 하지?"라고 서운함을 표현한다. 그럴 때면 난 "우리 세대는 그게 실례라고 생각해요. 타 달라고 하기 전에 먼저 주세요"라고 팁 아닌 팁을 공유한다. 다른 계급, 다른 나이의 상대방 입장을 헤아려 보는 것이 부녀 군인으로 근무하며 가장 좋은 점이다.

문정희 시인은 한 시에서 '이 땅에 태어난 여자들은 / 누구나 한때 군인을 애인으로 갖는답니다'라고 했다. 그만큼 우리나라에서 군인과 관련 없는 사람은 없다. 그 군인은 애인일 수도 있고, 딸, 아들이거나 아내, 남편일 수도 있다. 나 역시 남자친구들이 입대하는 모습을 지켜보며 군대가 연애와 결혼에도 큰 영향을 주는 것을 가슴 시리게 느꼈다. 군인의 딸인 것도 모자라 제 발로 군대에 왔으니 군과는 특별한 인연이 있는 셈이다. 오늘도 함께 근무하는 부대원들을 본다. 이들은 누군가의 사랑하는 자식이고 부모고 애인이다. 아니, 아빠의 말처럼 부대원이 내 가족이고 내 가족이 곧 부대원이다. 휴대폰에 가족들보다 부대원과 함께 찍은 사진이 더 많은 것을 보니 반쯤은 성공이 아닌가 싶다. 먼 훗날 지금을 돌아보았을 때 후회 없이 국가와 군인을 사랑했다고 말할 수 있었으면 좋겠다. 그때의 흐뭇한 미소마저 닮아있는 붕어빵 부녀 군인으로 오래 지냈으면 좋겠다.

Chapter 2

여자 군인으로 산다는 것은

인성 문제 있어?

「가짜 사나이」라는 인터넷 방송으로 인기를 얻은 이근 前 대위. 군에 관한 것이면 역시 일부러는 찾아보지 않아서 그의 외모와 유행어 정도만 안다.

"인성 문제 있어?"

그의 유행어는 우리나라 사람들이 남을 비난하는 태도와 맞물려 입에 착 붙고 자주 쓰인 것 같다. "정이 안 가"나 "개념 없다" 이런 받아치기도 애매한 말들처럼. 개념이나 인성은 눈에 보이지 않지만, 내가 탐탁지 않게 생각하는 너는 개념이 없고 인성에 문제 있을 것이다. 그렇게 남을 무시해야 편해지는 사람이 있다. 나도 '개념 없는 여군'이라는 소리를 들어봤다. 이런 비난의 말은 대꾸하고 해명할수록 나까지 수준 낮아진다.

짧은 유행어에 이런저런 생각을 한 이유는 마음에 걸려서다. 유명해지고 성공하고 싶어서 글을 쓰는 건 아니지만, 군대 나온 여자 대표로 군대와 군 생활에 관한 글을 쓸 자격이 있는지 망설였다. 고민 끝에 결론을 내렸다. 나중에 불거져서 논란이 될 인성과 태도면 시작부터 얘기하는 게 좋을 것 같다. 내 인성에 문제가 있다고….

이제 공식적인 문서엔 '무보직'으로만 남은 이런저런 일들. 나는 중위였던 2016년, 상관명예훼손과 상관모욕의 가해자로 군사재판에 섰고, 보직해임 처분을 받았다.

쓰고 보니 한 문장이지만, 전역하기 전까지 어디에서나 툭툭 내 발목을 잡고 쉽게 목소리를 내지 못하게 만든 사건이다.

4개월 동안 함께 교육기관에서 생활하고, 같은 사단에 발령받은 다섯 명의 동기들과 단체 카톡방에서 자주 얘기했다.

소속 부대는 달랐지만 하는 일이 같았기에, 그리고 야전[4] 부대에 오기 전에 매일 24시간을 학생장교로 함께했기에 경계심이 없었다.

불합리하게 느껴졌던 사무실에서의 일, 상급자의 언행으로 상처받은 일들을 동기들한테 얘기하면 위로받고 나아질 거라고 생각했나 보다. 생각이 짧았다. 동기는 친구가 아니었는데. 같은 조직에 근무하는 동료고 그냥 남이었는데.

피해자는 그 카톡방에 있지 않았는데도 우리가 나눈 대화를 다 가지고 있었다. 근무하는 조직의 기강을 흐리고 존중하지 않은 태도였음을 인정하며 앞으로 남한테 상처 주지 말고 살라는 계기로 받아들였다. 또 지금으로서는 그런 일을 군 생활한 지 얼마 안 됐을 때 겪은 게 다행이라고 생각한다.

"그러니까 마감을 미리미리 했어야지."

돌아가신 할아버지의 상을 치르고 부대로 복귀했을 때 들은 말이다. 다른 간부가 부재중일 때 대리업무는 내가 했는데, 내가 자리를 비웠을 때 내 업무를 커버한 사람은 없었다.

"글도 쓰지 말고 말도 하지 말고 눈에 띄지 마. 여군은 가

---

4 야전: 산이나 들 따위의 야외에서 벌이는 전투(네이버 국어사전)

만히 있어도 눈에 띄니까."

지역 문학제에 시를 써내 상을 받은 후 들은 말이다. 그 후로 오랫동안 내 얘기는 어디에도 쓸 수 없게 됐다.

나한테는 "맹추야", "촌닭 같애"라고 막말을 하면서, 다른 사람들에게는 "재 참 똑똑한 애야"라고 칭찬을 했다. 남자친구와 함께 찍은 사진으로 카카오톡 프로필을 설정해뒀을 땐 남들 눈 신경 안 쓰냐며 바꾸라고 얘기했다.

"장기(복무) 하려면 이 정도는 해야지."

어떻게든 자신의 비위를 맞추라는 얘기였다. 말도 안 되는 시간에 출·퇴근을 하며 기분에 따라 업무를 시켰다가 배제했다가 하는 방법으로 소외시키면서 바보를 만들었다. 군에 입대하며 사회생활을 처음 시작한 나는 현명하게 피하는 방법을 몰랐다. 더러운 건 피했어야 됐는데 그걸 치워보겠다고 덤볐다.

상관모욕은 죄가 되지만, 하급자를 모욕했을 때 해당되는 죄명은 없다. 상관의 명예는 존엄한 것이지만, 하급자 인격은 짓밟히고 무시당해도 도리가 없다. 어쨌든 일련의 사건을 겪고 나서 많이 변했다. 가장 크게 달라진 것은 사람에 대해 쉽게 평가를 하지 않게 된 거다. 또 내 일과 남의 일을 구분할 줄 알게 됐고, 관계와 사람에 대해 막연하고 낙관적인 기대를 안 하게 된 것이다.

이런 일은 내게만 생기는 줄 알았는데, 시간이 지나고 주변에서 비슷한 일들을 목격했다. 상급자, 동료와의 트러블로 근무지를 옮기고 결국 재판까지도 가는 군인들을 보았다. 만약 같은 일을 먼저 겪지 않았다면 그들을 이해하려고 하지 않았을 것이다. 그러나 이후에 비슷한 일로 몇몇 간부와 병사가 우리 사무실에 전입을 오고, 업무를 같이 하면서 그들에 대한 편견 대신에 '무슨 사정이 있었겠구나…'라고만 생각이 됐다. 술이라도 한잔 마신 날이면 서로의 이야기를 나누며 위로를 해줄 수 있었다.

긴 과정이 끝나고 다른 부대로 이동하기 전까지 주변 사람들은 나를 많이 걱정했다고 한다. 나쁜 선택을 할까 봐. 한 상관은 어느 밤 내가 숙소에서 뛰어내릴까 봐 내내 걱정했다는 말을 했다. 나도 내 자신이 무서웠다. 모든 게 빨리 끝났으면, 없던 일처럼 잊혔으면 하는 욕심으로 잘못된 선택을 할까 봐.

매일 아침 출근길 나를 차로 태워 갔던 동료, 병영생활 상담관을 연결해 주고 내 얘기를 들어준 동료들이 없었다면 견디기 힘들었을 것 같다. 제대하려면 앞으로 4년이 더 남았는데, 그 시간을 어떻게 보내야 하는지 막막했다. 가는 곳마다 이 사건이 앞길을 막을 것 같았고, 사람들은 나를 비난할 것 같았다.

그때 죽지 않은 것을 다행으로 생각한다. 건강하게 제대해서 이렇게 하루하루 보내는 것을 상상도 못했다. 장교 후보생 시절, 소위 시절에 많은 여군 선배들이 얘기했다. 군 생활이 힘들면 제대하면 된다고, 잘못된 생각 하지 말고 의무복무 마치면 제대하라고.

그때는 그 말이 고깝게 들렸다. 내가 장교가 되려고 얼마나 열심히 훈련했는데, 얼마나 노력했는데…. 인생의 결심과 선택을 무시하는 것 같았다. 하지만 이제는 그 말을 안다. 나 역시 군 후배들에게 많이 하는 말이다. 가족, 친구와 멀리 떨어진 군부대에서만 생활하다 보면 떠올릴 수 있는 선택지가 많지 않다.

감봉, 보직해임, 진급 누락 등 내가 받아야 할 벌을 다 받았다. 동기들보다 늦게 진급하고 늦게 전역했다. 제대하면 세상이 무너질 것이라고 생각했는데, 아니 살아서만이라도 제대할 수 있겠나 생각했는데 이제는 하루하루 내일이 기다려진다. 그러니 얘기하고 싶다. 내 뜻대로 안 되는 많은 일을 흘려보내자고, 지나 보내자고. 그리고 살아있자고. 살아서 제대한 후에는 또 그 나름 가고 싶은 길이 보인다.

많은 사람이 이미 얘기했다. 이혼한 사람도 결혼에 대해 이야기할 수 있고, 자퇴하고 퇴사한 사람도 대학과 회사에 관해 말할 수 있다고. 어쩌면 더 잘 설명할 수 있을 거라고. 동감한다. 산에서 걸어 내려오건 굴러 내려오건, 늦게 내려오건 어쨌든 산에 다녀온 사람이면 산에 대해 얘기할 수 있지 않을까? 다른 누구도 아닌 내가 올라갔다 내려온 그 산에 대해서니까. 내가 보고 겪고 느낀 군 생활을 내 방식으로 얘기할 거다. 마르고 닳아 더 할 얘기가 없을 때까지.

오늘 밤 당직근무 나야 나

"아~ 당직만 없으면 군 생활 진짜 할만할 텐데…."

이 한탄은 "아~ 훈련만 없으면, 체력검정만 없으면, 사격만 없으면…"처럼 어떤 시즌에도 응용이 가능하지만, 중요한 건 당직은 시즌을 가리지 않고 일일 단위로 돌아간다는 데 있다. 매일매일 다른 사람 목소리로 듣는 "아~ 당직만 없으면…."

나도 예외는 아니었다.

제7장 특별근무 등

제46조(특별근무) ① 부대의 인원과 재산을 보호하고 규율과 보안을 유지하며 각종 사고를 예방하고 비상사태에 대비하기 위하여 부대별로 당직근무·영내위병근무 등 특별근무를 실시한다.

– 군인의 지위 및 복무에 관한 기본법(약칭: 군인복무기본법)

사실 당직을 서는 시간보다 당직에 대한 부담감을 느끼는 시간이 더 길다. 밤사이 많은 인원과 장비를 관리하고 야간 훈련 상황을 확인하는 등 다양한 일을 감독하기에 혹시 사건 사고가 발생할까 봐 긴장을 많이 했다. 눈 내리는 겨울에는 제설을 해야 돼서 아침 일찍 병사들을 깨우는 것이 미안했다.

나로 말하면 고등학교 선생님들이 야자 감독하는 모습을 보고, 숙직 근무도 있다고 해서 '교사는 참 고단한 직업이로군…' 생각했다. 그 학생은 군대에 제 발로 들어가 당직이란 숙명을 온몸으로 맞는다. 제대한 지금은 세상의 많은 직업을 '당직이 있는 직업'과 '당직 없는 직업'으로 나눠보기도 한다.

몇몇 부대에서는 잊을 만하면 한 번씩 돌아오는 주기로 당직을 섰는데, 한 야전부대에 근무할 때는 동료들의 파견,

전역, 입원과 같은 여러 상황과 맞물려 일주일에 두 번씩 몇 달을 돌았던 기억도 있다. 그 후로 면역력이 저하되어 난생처음 독감에도 걸려보았다. 밤샘 자체도 몸에 해롭지만, 일상의 바이오리듬이 깨지는 후유증이 크다. 지금은 어느 주기로 잠이 안 오거나 새벽에 깨는 타이밍이 있는데, 이게 무섭게 당직 타이밍인 거다. 새벽 순찰시간에 한 번씩 깨는 '바이오밀리터리듬'.

초급간부였던 소위, 중위 때에는 어떤 선배 장교와 근무를 서느냐가 관건이었다. 야간에 근무하는 당직 때는 다른 부서 부서장님이나 선배 장교들과 근무를 선다. 저녁부터 다음 날 아침까지로 꽤 긴 시간을 함께하기에 당직 파트너가 누구인지가 큰 영향을 미친다. 그때 간부들 사이에서는 선배 장교들의 특성이 공유되기도 했다.

근무 내내 뜬눈으로 지새는 분(불호), 간식을 잘 사주시는 분(호), 전화 잘 안 받으시는 분(불호) 등 너무나 다양한 분들이 계셨다. 나중에 후배들이나 동료들, 병사들에게 전해 듣기로는 나도 꽤 까다로운 근무자에 가까웠더라. 잠도 잘 안 자고 순찰을 진짜로 하는 탓에 기피 대상이 되어 있었다.

누구와 근무하는지도 중요하지만, 언제 근무하는지도 중요하다. 대부분 금요일에 오프할 수 있는 목요일 당직을 선호한다. 나는 월요일이나 금요일 당직도 괜찮아서 다른 사람들과 잘 바꿔주기도 했다. 진급 선발 발표일이나 생일에 당직근무가 겹치면 별말 없이 바꿔주는 불문율도 있었다.

당직근무는 일일 단위지만, 2년짜리 근무(12월 31일 당직)도 있다. 단 하루 부대에 있음으로써 한 해를 보내고 한 해를 맞이한다. 나도 2년짜리 근무에 몇 번 당첨됐었는데 슬프면서도 웃음이 났다. 1년의 마지막 날과 첫날을 부대원들과 보내다니 정말 참군인이구나 하는 착각. 괜히 이 근무는 평소보다 부담도 크다.

크리스마스이브에 당직근무였던 적도 있다. 평소에 인자하신 이 모 소령님과 함께 근무를 했다. 그날도 모든 당직근무자들이 정신없이 전화받고 있는 와중에 나를 호출하셨다.

"나라야, 지금 당직사령이랑 상황장교 어때 보이니?"

"바빠 보입니다."

"그럼 넌 뭐 해야겠니?"

"옙…?"

"치킨 시켜야겠지. 크리스마스이브인데. 몇 마리 시키면 되지? 암튼 맛있는 걸로 시켜."

그동안 병사들이 이 소령님을 잘 따르던 이유가 있었다.

꼭 치킨을 사주셔서가 아니라, 팍팍하게 보낼 수도 있는 군에서의 하루하루에 지금까지도 잊히지 않는 추억이 됐다. 그 후로 명절이나 특별한 날 당직근무를 서게 되면, 다른 근무자들과 PX 치킨이나 피자로 소소한 기념과 위로를 했다.

간부들끼리는 농담으로 "5만 원 줄 테니까 대신 당직 설래?"라고 했지만, 장난으로라도 서겠다는 사람은 없었다. 여러 명이 돈을 모아 세콤에 용역을 주면 어떠냐고도 말했지만, 이 모든 건 피할 수 없는 당직을 어떻게든 즐겨보려는 몸부림이었다.

내가 당직을 즐기는 방법은 이른 아침부터 사무실 병사들과 이런 돌림 노래를 부르는 것이었다.

오늘 밤 당직사령 나야 나 나야 나
부대를 지킬 사람 나야 나 나야 나

PRODUCE 101 – 나야 나(PICK ME)

너의 이름은 : 정훈

군에 와서 이름을 잃었다.

평범하지도 않고 어렵지도 않은 본명 대신 부대에서 나는 '정훈이'라고 불렸다. 정훈은 내 군사특기이자 '정훈장교'라는 직책명이다. 한때 '문화야'(홍보문화장교), '신중아'(중위)라고 불린 적도 있지만, 가장 많이 불린 건 '정훈'[5]이다.

5 정훈(政訓)이라는 명칭은 2019년 공보정훈(公報正訓)으로 개정되었다가, 2023년 12월 정훈(精訓)으로 변경되었다.

처음에는 다른 사람을 부르는 줄 알았다. 별명처럼 어색했는데 어느새 나도 같은 사무실 후배들을 '인사야', '군수야'라고 부르고 있었다. 이쯤 되면 애칭인가? 나중에는 이름을 부르는 게 더 적응이 안 됐다.

군인들에게는 정훈장교라고 하면 알지만, 민간인들에게 얘기할 때는 어려운 부분이 있다. 안 그래도 여군이라고 하면 제일 먼저 "운동 좋아하시나 봐요?" "성격 되게 터프하시겠다"라고 말한다. 오해를 풀고자 말을 시작하면 금세 설명충이 되고 만다. "아뇨 저는 운동은 별로…."

모든 군인은 입대할 때 군사특기를 부여받는다. 장교와 부사관은 '병과', 병사들은 '주특기'라고 한다. 군에서의 전공이라고 생각하면 되는데, 나는 육군 소위로 임관하며 행정병과인 '정훈공보' 특기를 부여받았다. 다양한 부대에 근무했지만, 직책과 업무는 소위 때도 정훈장교, 대위 때도 정훈장교로 늘 같다. 그동안 전투병과(보병, 포병 등) 동기들은 소대장에서 인사장교, 군수장교, 부중대장, 지원과장, 중대장 등 여러 직책을 순환해서 맡는다.

* 전투 병과: 보병, 포병, 기갑, 통신 등

* 기술 병과: 화학, 병기, 병참, 수송 등

* 행정 병과: 인사행정, 군사경찰, 재정, 공보정훈 등

병과 특성상 나는 그 유명한 대사 "중대장은 오늘 너희에게 실망했다"를 시전할 수 없었다.

정훈장교는 부대에서 선생님, 아나운서, 기자, 카메라맨, MC 등의 역할을 하는 병과라고 소개했지만, 늘 보충 설명이 필요했다. 한 선배는 "회사에 인사팀 홍보팀 있듯이 홍보·마케팅이라고 해라"라고 했지만 찝찝함이 남았다. 역시 나는 설명충이었어.

나 때를 기준으로 정훈병과는 부대에서 '정신전력 교육', '홍보·공보 활동', '문화 예술' 업무를 맡아 했다. 명칭이 '공보정훈'으로 개정된 이후에는 공보에 중점을 두며 미군의 PAO(Public Affairs Officer)와 가까운 모습으로 나아가는 듯했다.

후보생 때만 해도 정훈장교가 될 줄 몰랐다. ROTC 장교 후보생들은 훈련을 모두 마친 후 소위로 임관하기 직전에 병과와 근무할 부대가 발표된다. 우리는 기본적으로 야전부대 소대장이 되기 위한 훈련을 받았다. 짧은 입영훈련이었지만, 날씨가 춥든 덥든 비가 오든 밖에서 뛰어다니며 훈련하는 것이 좋고 흙냄새가 편안했다.

훈련은 고단했지만, 밥 먹고 씻고 나면 또 할만하다는 생

각이 드는 거였다. 동기들끼리 "힘들고 아프면 퇴소하면 되는데 우리 왜 이러고 있냐"라고 했는데 다들 똑같은 생각이었다. "내일 더 잘하자!" 분대전투도 행군도 재미있었다. '난 천상 보병이구나! 나중엔 나설칠 대위 같은 중대장이다' 생각했다. 임관을 앞두고서야 군에 다양한 병과가 있다는 것을 알고 혼란스러웠을 정도로 단순했다.

아빠가 군인이었지만 집에서는 부대 얘기를 잘 안 하셨기에, 나는 다른 사람보다 더 군에 대한 환상이 있었다. 부드러운 카리스마의 중대장을 꿈꾸며 후보생 생활을 보내던 어느 날 아빠는 말씀하셨다. "국군방송[6]에 가면 군인도 아나운서도 할 수 있다"라고. 동시에 연예병사를 관리하는 지휘관이 될 수도 있었다. 정훈장교로서는 유일하게 중대장을 할 수 있는 기회고, 이지윤 아나운서가 군 복무 시절 맡았던 직책이다. (2013년 연예병사 제도가 폐지되면서 중대장의 꿈도 무너졌다.)

그날부터 정훈병과를 목표로 했다. 함께 임관하는 약 6,000여 명의 동기들 중 정훈병과는 200명도 채 뽑지 않는 소수 병과다. 그중에 여군은 20명 남짓. 우선 대학 전공이 맞아야 하고, 훈련 성적을 잘 받아야 했다. 군사학 수업이 끝

---

6 국군방송: 국군 및 국방 전문 채널로 국방홍보원에서 운영하며, 현재 명칭은 국방TV다.

나면 학군단 행정실에서 매일 국방일보를 읽으며 지독하게 자기 암시를 했다.

어쨌든 1순위로 지망했던 정훈병과에 선발된 동시에 12사단 을지부대로 분류가 났다. 학군단 동기들은 좋은 병과를 받았지만, 전방부대로 가는 내게 "나라야, 아버지 군인이시라며?" "부대가 잘못 나온 거 아니야?" 물었다. 같은 학군단 40명의 동기 중에 강원도 전방부대원은 나와 내 앞의 남군 동기뿐이었다.

첫 부대였기 때문에, 그리고 어렸기 때문에, 전방부대로 발령받은 것조차 좋았다. 군 생활하는 동안 소대장, 중대장은 못해보았지만 대신에 모든 부대원, 모든 병사가 내 새끼라고 생각할 수 있었다. 글 쓰고, 말하고, 많은 사람 앞에서 교육하는 정훈장교로 근무하며 추억이 많이 남았다. 일하러 롯데타워에도 가고, 일하다가 가수 노라조 형님들도 만났다. 특히 조빈 형님은 11사단 선배 전우시고 지역 축제에도 자주 오셨는데, 병사들이 걸그룹보다 더 좋아했다고.

오래전 아빠가 얘기했던 '국군방송'에 근무하진 못했지만 어쨌든 갔다. 2017년 국방홍보원에서 개최한 '군인·군인가족생활수기 공모전'에서 최우수상을 받아 시상식과 라디오 방송에도 출연한 거다. 당시 정복을 입고 헤어와 메이크업을 빡세게 하고 가니까 다른 수상자들이 나를 국군방송 아나운서라고 생각해 주었다. 찰나의 착각이래도 행복했다.

그러나 매일매일 풀 메이크업에 정복 차림은 아니었다. 교관으로 부대원 앞에 설 때, 행사 때에만 잽싸게 가벼운 화장을 하고, 평소에는 나도 그냥 야전군인이었다. 그래도 많이 웃고 즐겁게 근무하는 모습을 보이려 노력했다. 국가관, 안보관, 군인정신을 교육하는 정훈장교로서, 또 전우로서 신념을 가진 군인은 얼마나 자유로울 수 있는지 알려주고 싶었다.

정훈장교이기에 허락된 단상과 마이크… 그리고 많은 이들의 시간. 오래전에 한 정훈장교 선배는 말씀하셨다. 선생님이 되려면 얼마나 힘든지 알고 있지 않느냐고, 여러 사람 앞에서 말하고 교육할 수 있는 자리는 쉽게 주어지지 않는다고. 6년 4개월 동안 많은 이들에게 도움과 영향을 줄 수 있어서 감사하고도 기뻤다. 내가 겪은 상처까지도 누군가에게 위로가 될 수 있었기를.

차이는 인정한다, 차별엔 도전한다?

2003년 통신사(KTF) CF 장면. 육군사관학교 생도들이 넓은 연병장에서 열 맞춰 행진한다. 사열대에 한 줄로 서 있는 생도들. 그중 한 생도가 앞으로 걸어 나와 씩씩하게 경례한다. 결연한 눈빛으로 경례를 마치자 장면이 바뀐다. 휴대폰 액정 속 "딸, 임관을 축하한다." 그제야 행사용 모자가 하늘 높이 던져지고, 카메라는 긴 생머리 휘날리는 여자 생도의 얼굴을 보여준다. 그 위로 카피.

차이는 인정한다.

차별엔 도전한다!

육군사관학교는 1998년에 여성에게 문호를 개방했다. 당시 CF는 남자 생도와 어깨를 겨뤄도 뒤처지지 않는 여자 생도의 모습으로 반전을 의도한 것 같다.

차이는 인정한다.

차별엔 도전한다!

참 멋진 말이다. 그러나 어떤 도전은 수십 년이 지나도 도전이다. 6·25전쟁부터 활약하여 그 역사가 70년이 넘은 여군에게도 그렇다. 2000년대가 되어서야 여군 장군이 배출되었고, 아직도 여군 최초 ○○대대장, 여군 최초 ○○함 함장처럼 끊임없이 '최초 여군'이 나온다. 많은 여군 선배들의 노력과 헌신에도 불구하고, 이미 오래전에 나왔어야 할 '최초'가 앞으로도 남았다는 사실이 안타깝다.

나 때는 여성 ROTC를 모집한다는 뉴스에 '스펙'이라는 단어가 많이 나왔다. 학군단에 막 입단했을 때 대학 학보사에서 인터뷰를 왔는데 "스펙을 위해 ROTC 지원한다는 말에 대해 어떻게 생각하냐?"라는 질문도 받았다. 인터넷 기사와 댓글에서 봤던 질문을 실제로 들으니 웃음이 나서 좀 놀려주고 싶었다. 진짜 궁금했을 수도 있지만….

한 해에 오 천명도 넘게 선발하는 남자 ROTC에게는 아무도 하지 않는 말들을 여자 ROTC라는 이유로 지겹게 들었다. 나중에는 유명한 연예인이 된 기분으로 대답을 외워 다녔다.

"스펙 쌓으려면 지금 자격증 공부하고 있겠죠. 이렇게 추운 날 집총 각개[7] 하고 있겠나요…."

그때도 지금도 내 생각은 같다. 공모전이나 인턴 같은 대외활동을 하며 스펙 쌓는 것은 당연하다고 생각하면서, 나라를 위해 일하며 스펙이 되는 군 생활에 대해서 그렇게 엄격할 이유가 있나. 애국심과 사명감은 어차피 직업정신으로 길러지는 거고, 남들이 자격증 딸 시간에 군 복무 하겠다는데, 문제가 있냐고. 그 외에도 입영 훈련에 가면 똑같은 소총을 들고도 "너희(여군) 총은 좀 가볍냐?"거나, 남군은 10kg, 여군은 5kg를 드는 모래주머니를 가지고 역차별이라는 얘기도 들었다.

7 집총 각개 : 소총을 든 상태로 하는 16개 제식동작.

모 부대에 전입한 지 얼마 되지 않았을 땐 인접 부대 남군들이 사무실에 우르르 와서 우리 과 선배 장교에게 "정훈장교가 오니까 사무실 분위기가 화사해졌다"라고 말했다. 칭찬이라고 한 말에 내가 기분이 나빴던 건 나는 애초부터 꽃이 될 마음이 없었기 때문이다. 여군이라 섬세하다, 여군은 독하다 이런 말도 하지 말아라, 여군은 그런 평가를 받아야 될 대상이 아니다, 누누이 주장하고 다녔다.

함께 근무했던 병사들이 얘기하는 것을 들었다. 어딘가 이상한 간부들은 티가 난다고. 그중에 하나는 목걸이형 블루투스 이어폰을 늘 끼고 다니는 사람, 무스를 과하게 바르고 다니는 사람이었다. 내 경험에 비춰봤을 때에도 틀리지 않았다. 내가 만든 기준도 하나 있었다. 나(여군 후배)에게만 존댓말 하는 남군 선배. 무의식적으로 날 후배로 보지 않는다고 느껴졌기 때문이다. 많은 경우에 이런 선배들은 성(性) 관련 사고를 일으켰다.

여군은 특별한 사람들이 아니다. 다른 많은 직업과 마찬가지로 자신의 선택과 상황에 의해 의무복무를 할 수도 있고, 직업군인이 될 수도 있다. 여성의 장점을 내세워 엄마, 누나 같은 리더십을 발휘하라거나 혹은 그 반대로 남군같이 하라는 말도 필요 없다. 아무도 남군에게는 그런 말을 하지 않는다. 아빠, 오빠 같은 리더십을 발휘하라고 하지 않는다. 우리는 가족이 아니기 때문에.

얼마 전에 한 인터뷰를 읽었다. 역시 2020년에 여군 최초가 된 선배였다. 인터뷰 끝에 여군을 지망하는 후배들에게 하는 말이 있었는데, 단순히 제복을 입은 멋있는 모습에 반해 군인이 되고자 한다면 다시 한번 생각해 보길 바란다는 것이었다. 그만큼 신중하게 결정하길 바란다는 뜻이겠지만, 좀 아쉬운 답이었다.

제복이 있고 제복을 입은 모습이 멋진 직업은 얼마 없지 않나? 그게 군의 또 다른 매력으로 어필됐다면 좋은 일 같은데. 어차피 맡은 일에 책임감을 가지고 해야 된다는 건 회사원도 군인도 똑같다는 생각이다. 그리고 왜 자꾸 선배들 인터뷰하며 '여군 후배들한테 한마디' 이런 거 시키시나요? 이제 이런 거 그만합시다. 식상해요.

사람이 아니므니다

군인에 대한 농담 몇 가지가 있다.

하나.

산골에서 근무하는 군인들이 터미널에 가려고 시내버스에 가득 앉아 있자 한 어르신이 버스에 타며 하는 말.

"아이고~ 버스에 사람은 없고 맨 군인들 뿐이네."

또 하나.

신랑감으로 인기 있는 남자 2위가 군인!

1위는 민간인, 3위는 외계인.

그만큼 우리 사회에서 군인은 평범한 사람과 다른 특이한 존재로 인식되는 것 같다.

'군대의 특성, 군인의 가치관'이라는 주제로 교육하다 한 번씩 병사들에게 소개했던 농담들은 당시의 우리가 군복을 입고 있으니까 공감이 되어 함께 웃었던 일들이지만. 아무리 떳떳하고 당당해지라고, 자부심을 가져도 된다고 교육해도 군복을 입으면 위축된다는 병사들의 말과 경험담 역시 이해가 돼서 안타까운 적이 많다. 군복을 입은 우리에게 달라지는 사람들.

군 생활하면 이래저래 동서울 터미널 갈 일이 많다. 전역한 후에도 고속버스를 기다리며 터미널 안 가게들을 구경하는 중이었는데, 한 편의점 사장이 생수를 사려는 병사에게 소리를 질렀다.

"아저씨! 거기서 머리 만지지 마. 머리카락 떨어지니까."

다른 사람에게 하는 말이겠거니 했다. 그런데 매장에는 육군 병사 한 명뿐이었다. 어이가 없었다. 누가 봐도 짧게 깎은 머리에 베레모까지 쓰고 있는데, 머리카락이 떨어진다니. 그리고 또 떨어지면 어때.

병사는 죄송하다고 말하며 생수를 사서 나갔다. 말 같지도 않은 이유로 군인에게 무안을 주고 죄송하다는 얘기를 듣는 그 사장. 그 사람은 일반인 손님에게도 그런 말을 할 수 있었을까? 순간 너무 화가 났는데, 이제 민간인 신분인 내가 할 수 있는 건 별로 없었다. 물론 군복 입고 해코지도 못했겠지만…. 지나가는 사람들에게 저 편의점에 가지 말라고 불매운동이라도 하고 싶었다.

아들뻘의 한참 어린 군인들에게 고맙다는 말 한마디 못할 망정, 손님 대부분이 군인일 텐데 어떻게 저렇게 몰염치한 행동을 하는지. 누구 땜에 먹고 사는데. 저런 사람들이 군인들 휴가 통제되면 제일 먼저 불평한다.

아직도 접경 지역, 군부대가 위치한 지역의 많은 상인이 군인을 봉으로 안다. 나는 군 생활을 강원도 인제 원통에서 시작했다. '인제 가면 언제 오나, 원통해서 못 살겠네' 할 때 그 원통. 어쨌든 원통의 군인 물가는 정말 높았다. 택시를 타면 미터기를 조작했는지 기본요금으로 갈 거리도 두 배 이상의 요금을 냈다. 그리고 2020년에도 같은 내용의 뉴스 기사를 보게 된다.

농촌 산간 지역 택시요금 할증 논란… '불법 바가지요금' vs '오지 특성 고려해야'

https://www.hankyung.com/society/article/202001078914i

숙박업소 요금도 거의 호텔급이었다. 함께 군 생활했던 병사들이 하는 얘기 들어보면, 군복을 입고 면회 온 가족들과 모텔에 가니 평소보다 높은 금액을 불렀다고 한다. 분명히 정해져 있는 요금을 아는데도. 역시 군복 입고 PC방에 가면 요금이 오르는 기적….

각 부대에는 군인과 가족들을 위한 복지 회관이 있는데, 객실 몇 개와 작은 식당 수준이었다. 그렇게 좋지도 않은 구식 복지 회관을 나중에는 지역 상인회에서 운영하지 말라더라. 지역 상권 죽는다면서. 상권을 죽이는 건 군부대와 군인이 아니다. 담합해서 군인들에게 바가지요금 씌우는 자신들이지.

평소에는 손님 대접도 안 하다가 군인들 외박 외출 통제되면 원망하고 아쉬운 소리를 한다. 밖에 못 나가게 되면 가장 답답한 건 군인들이다. 물 한 모금이라도 싸제[8] 먹고 싶은 게 군인들이다.

학군단 1년 차 후보생 시절에 나도 억울한 일을 겪었다.

---

8 싸제(사제) : 바깥 제품(비교:미제 / 미국제품)

혼자는 아니고 여러 동기와 함께였다. 우리 대학교 학군단은 경영대학 건물 지하에 있었다. 군사학 수업 끝나고 전공 수업에 가거나 경영대 매점에 가거나 할 때 엘리베이터를 타고 다녔다. 그러던 어느 날 엘리베이터 안에서 만난 한 교수님이 말했다.

"군인들은 계단으로 다녀라."

농담인지 진담이었는지는 모르겠다. 그런데 지금까지 그 말이 상처로 기억되는 걸 보니까 농담은 아니었던 것 같다. 괜히 주눅이 들어 학군단복 입었을 땐 비상계단으로 다니기를 몇 번 했더니 힘들었다. 그리고 역시나 꼴통 후보생 나는 훈육관님께 가게 된다. 이러한 일이 있었는데 장교 후보생들은 엘리베이터 타면 안 되냐고 물었다. 정말 궁금해서였다. 옛날엔 군인들이 우산을 안 썼던 것처럼, 마땅한 이유가 있거나 훈육관님이 엘리베이터 타지 말라고 말씀하셨으면 안 타고 다닐 생각이었다.

그러나 훈육관님은 말도 안 되는 얘기라며 크게 화를 내셨다. 너희는 장교 후보생이기 전에 대학생 아니냐며, 등록금 내고 학교 다니는 사람들 아니냐고 하셨다. 설사 군인이라고 해도 그 교수 개인이 대학 엘리베이터를 타지 말라고 말하는 것은 불합리한 것이라고 했다. 앞으로 더 당당히 타고 다니라고, 혹시 누가 엘리베이터를 타지 말라고 하거든 훈육관님에게 전화하라고 하셨다.

군인 역시 군인이기 전에 대한민국 국민의 한 사람이다. 본인도 부모님도 세금을 내고 이 땅에 산다. 특히나 병사들은 무엇으로도 보상받을 수 없는 시간을 군에서 보낸다. 우리 사회도 국가를 위해 헌신하는 군인, 경찰, 소방관들에게 존경과 감사를 가졌으면 한다.

사격하는 날이면

부대에 사격이 있는 날이면 휴가 가고 싶었다. 며칠 전부터 아프고 싶었다. 도망가고 싶었다.

다음은 친구 유 PD와의 대화이다.

유 PD : 그런 말도 있잖아요. '펜은 총보다 강하다…'였나요?

나라 : '칼보다 강하다'요. 총은… 총은 정말 강해요.

나는 총기 분해·결합을 배웠고, 실탄으로 사격도 해본 여자다. 그만큼 총의 위력을 피부로 느꼈기에 총기 소지가 허용된 국가는 여행하고 싶지 않다. 비유로라도 '지원사격', '조준사격' 같은 말은 안 쓰고 싶다. 백지영 노래 '총 맞은 것처럼', 빅뱅 '뱅뱅뱅'의 가사도 끔찍하다.

많은 군사훈련 중 가장 좋아했던 건 행군이다. 대위 시절 '행군'이라는 수필을 써 상을 받았을 만큼, 후보생 때부터 임관 후 야전에 근무할 때도 행군을 좋아했다. 군장을 메고 무작정 걸었던 훈련생 때는 행군을 하면 몸과 마음이 수련되는 것 같아서 좋았다. 동기들은 발에 물집이 많이 잡혀서 고통스러워했는데, 나는 물집도 잘 잡히지 않았다. 간부가 되어서는 경광봉과 카메라 들고, 대열에서 처진 병사들 군장과 총을 대신 메주기도 하면서 뿌듯함을 많이 느꼈다.

그런데 행군 말고 웬만한 훈련은 피하고 싶은 것들이 많았다. 기호와 숫자에 약해서 후보생 때는 독도법(지도 읽고 목표물 위치 찾는 법)이랑 통신장비 다루는 훈련이 싫었다. 그러나 아무리 싫은 훈련이라도 사격에 비할 바가 안 된다.

다른 훈련은 못 하거나 실수를 한다 해도 죽지 않는다. 하지만 사격훈련은 자칫 방심하면 죽을 수도 있다. 후보생 때부터 대위로 전역할 때까지 사격장 가는 날은 최고로 스트레스를 받았다.

사격과의 악연은 언제부터였을까? 10년 전 기초군사훈련으로 돌아가 본다. 22살 여대생이 첫 군사훈련을 받으러 가서 총기에게 배신을 당했다. 훈련소에 들어가면 입소하자마자 총기수여식을 한다. 그때 받은 총은 훈련 기간 동안 나의 소유이자 책임이다. 총기를 내 몸같이 혹은 애인같이 다루라는 말을 지겹게 듣는다.

사격을 하기 전과 후에는 반드시 총기를 분해해서 닦고 기름칠하고, 다시 결합한 다음 사격을 준비한다. 글로는 한 줄이지만 닦아도 닦아도 한도 끝도 없는 게 총기다. 나름 열심을 다해 닦고 훈육관님께 검사를 받으러 가면 시커먼 기름때가 또 나온다. 돌아가서 닦고 또 닦고… 취침시간을 넘겨도 뿌듯하게 다 됐다고 생각했다.

그렇게 갖은 노력을 했는데 사격장에서 내 총기는 '기능고장(사격이 안 되는 상태)'이 되었다. 기름칠을 너무 많이 해도 안 되고, 너무 안 해도 안 되고… 다양한 원인이 있지만 지금 생각해 보면 총이 낡아서였던 것 같기도 하다. 옆에서 다른 동기들 다 사격하고 있는데, 손 놓고 우두커니 앉아 있으면 얼마나 처량하게요… 사격도 못 하고 밥 대신 욕먹고….

아니다. 총을 멀게 느낀 건 사격장에 가기도 전이다. 훈련소에 들어가 난생처음 총기 분해·결합을 했던 시간이었다.

총은 다양한 부품의 결합으로 이루어진다. 생소한 부품을 하나씩 살펴보고, 이름과 기능을 외우고, 분해한 순서의 반대로 다시 결합해 본다. 결합하면 끝이 아니라 알맞게 결합을 했는지 테스트도 해본다. 비유를 해보면 내 방 창문을 잠그고 창문을 밀었을 때 열리면 안 되는 거다. 총 역시 모든 부품을 결합하고 나서 최종적으로 '딸깍' 총을 잠그는 잠금장치(힌지)가 있다. 결합이 잘 되면 테스트 때 아무 일도 일어나지 않는다.

그러나 왜 하필 내 바로 앞 순서 남군 후보생이 힌지를 잠그지 않은 것인가. 테스트와 동시에 총기 스프링이 튀어나와 그의 이마와 눈썹 부분을 강타하였고, 그는 한순간에 보랏빛 눈탱밤탱이 되었다. 총의 스프링은 쇠로 만들어졌고요…. 왜 내 앞에서 꼭 그런 일이 일어난 것인가…. 그때부터 나는 총기에 애정을 가질 수가 없었다.

그렇게 총기와 사격을 멀게 느끼고, 피하고 싶었지만 군인이 된 이상 사격을 피할 순 없었다. 피하지 못할 뿐만 아니라 병사들의 사격훈련에 통제 간부로 참석해 사격을 지도해 주어야 했다. 사격장은 참 이상한 공간이다. 긴장을 너무 많이 해도 안되는 동시에 마음이 느슨해져도 안 된다. 내가 후보생이었던 시절엔 사격장이 멀어서 사격을 하기도 전에 진이 빠졌고, 사격장에서 욕하고 소리를 지르는 교관님들 때문에 몸도 마음도 긴장됐다.

그러나 야전부대에서는 부대 사격장이 가까워서인지 몇몇 부대원들은 소풍 나온 것처럼 사격장에서도 긴장감을 못 느꼈다. 후보생 때나 통제 간부일 때나 나에게 사격장이란 자칫 죽을 수도 있는 곳이었다. 죽지 않으면 크게 다치는데, 위험성을 실감하지 못하면 방탄헬멧을 벗고 돌아다니기도 하는 것이다. 부대에서는 인자한 정훈장교였지만, 사격장에서만큼은 정색하고 호통을 쳤다. 또 평소보다 긴장을 많이 하면 사고가 나기 쉬워서, 손을 떨 만큼 긴장한 병사들이나 예전 나처럼 총기에 문제가 생긴 병사들에게는 침착하게 조치해 주며 속으로 안도한 적도 많다.

그렇게 사격장에 하루 통제관으로 다녀오면 긴장이 풀려 몸살이 났다. 현역으로 근무하면서 감사하게도 내가 갔던 사격장에서는 작은 사고도 없었지만, 인접 지역 부대에서나 뉴스를 통해 안타까운 총기 사고를 종종 접했다.

그게 나이거나 우리가 아니었으리라는 보장이 없다. 제대한 지 꽤 지난 요즘에도 하루하루 덤으로 산다는 생각을 많이 한다.

행군

\- 제18회 충성대 문학상 작품 공모전 수필 부문 최우수상(2019)

적막한 어둠 속에서 불빛이 눈을 깜빡거린다. 하늘에서 내려다보면 크리스마스트리를 장식한 전구처럼 보일 것 같다. 초록색과 빨간색이 줄을 짓는 이 불빛은 행군하는 군인들의 경광봉이다. 습기를 머금은 공기가 훅 끼쳐온다. 몇 번째 행군인지 셀 수는 없지만 길을 출발하기 전엔 늘 긴장이 된다. 강원도 산골 군부대에서 근무하는 우리는 주민들이 잠든 늦은 밤 행군에 나서야 한다. 당장은 춥지 않아도 야전상의는 꼭 챙겨 입는다. 여름이건 겨울이건 해 뜨기 직전이 가장 춥고 어둡다는 사실은 새벽에 일어나 걸어본 사람만 안다. 저벅저벅 군화 소리에 잠에서 깬 소들이 우리를 배웅하고 닭들은 호들갑스럽게 이른 기상나팔을 분다. 걸어온 길보다 앞으로 갈 길이 더 많이 남은 머리 위로 별들이 총총 반짝인다. 걷다 보니 잠시 휴식시간이다. 군장 위에 드러누워서야 별을 본다. '우와-' 금방이라도 쏟아져 내릴 것만 같다. 평소에는 눈길도 가지 않던 밤하늘이다.

사람들은 흔히 인생을 길로 비유한다. 중요한 선택을 앞두고 인생의 갈림길이라고 하고 직업은 진로라고 한다. 누구도 대신 걸어줄 수 없는 행군처럼 묵묵하게 홀로 나아가야 해서일까? 내 길인 줄 알았는데 아닌 길이 있고, 지름길을 찾으려다 오히려 더 시간이 걸리는 굽은 길로 갈 수도 있다. 또 길을 잃어 헤매다 새로운 길을 발견하기도 한다. 인생길에는 이런 소소한 즐거움이 있다. 길 로(路)자 한자를 보면 꼭 등에 무거운 짐 지고 모자를 쓰고 걸어가는 사람 같기도 하다. 한때 여행 작가를 꿈꾸던 내가 육군 장교의 길을 선택해 걷고 있다. 바람의 딸처럼 이곳저곳을 밟으며 자유롭게 살고 있으니 두 길은 원래 하나였는지도 모르겠다.

스물두 살, 장교 후보생이 되어 받는 많은 훈련 중에서 행군이 가장 좋았다. 사격, 유격훈련, 제식훈련 등 다른 훈련은 어려웠지만 행군은 그저 계속 걸으면 된다고 생각했다. 또 행군은 긴 훈련이 이제 거의 끝나간다는 뜻, 집에 돌아간다는 의미였다. 짧게는 반나절에서 길게는 하루 이틀도 족히 걸리는 행군은 극기 훈련이다. 졸음과 허기, 그리고 지루함과도 싸워야 한다. 산티아고 순례길과 제주도 올레길이 따로 있나. 행군하면서 걷는 길이 올레길이며 순례길이요, 고난과 수행의 길이다. 휴대폰도 없이 옆 사람과 대화도 없이 걸으면 걸을수록 생각은 내 안으로 파고든다. '목적지까지 얼마나 남았을까, 행군이 끝나고 맛있는 음식을 먹어야지' 생각하다가 끝내 '내가 여기서 왜 이러고 있지'라는 생각까지 해본다. 밤을 새워 행군하는 동안 몇 번이고 스스로에게 묻는다. 왜 군대에 왔느냐고, 아무도 오라고 하지 않은 길을 선택해 힘들게 걷고 있느냐고. 이제는 대답할 수 있을까? 춥고 캄캄한 길을 오래 걸어야만 하는 사람이 있다면 그게 나였으면 해서, 누군가는 해야 하는 일 같아서 선택했다고 말이다. 이 길을 걸은 지 5년이 넘은 지금도 여전히 외롭고 막막한 마음에 무작정 길 위에 주저앉고 싶을 때가 있다.

스물네 살, 육군 소위로 임관해 강원도 최전방부대에 발령받았다. GOP를 맡고 있는 사단에 전입해 가장 먼저 한 일

역시 산악행군이었다. 땀이 줄줄 나는 한여름, 낮에는 전투복에 하얗게 소금기가 맺혔다. 해가 지면 산속은 추워서 이가 덜덜 떨렸다. '아디다스 모기'라 불리는 산모기, 군인들이 '팅커벨'이라 부르는 산누에나방도 이때 직접 보았다. 땀과 피로에 절어 행군하기를 며칠, 아버지 발에만 생기는 줄 알았던 무좀이 군인 아가씨에게도 찾아왔다. 어깨를 짓누르는 군장보다 더 날 힘들게 했던 건 책임감이다. 수많은 길 중에 이 길을 선택한 건 온전히 나라는 것, 아무도 군인이 되라고 등 떠밀지 않았다는 것. 그렇게 몸과 마음이 지친 시간이었는데도 사진 속의 나는 웃고 있다. 작은 몸에도 무거운 군장과 총을 메고, 종종걸음으로 멈추지 않고 걷고 걸어 여기까지 왔다.

행군할 때 가져야 할 몇 가지 마음가짐이 있다. 첫 번째, 내가 걷고 있는 길이 평지라는 착각이다. 행군로는 내내 평탄할 수가 없다. 우리나라 지형 70% 이상이 산지라는 사실을 떼어놓고 보아도 군부대는 대부분 인적이 드물고 험한 곳에 있다. 이런 상황에서 눈앞에 오르막길을 보고 걸으면 힘이 빠진다. 너무 먼 곳을 보지 않고 걸음에만 집중하면 어느새 가파른 고개를 다 올라와 있다. 두 번째는 이 고개만 넘으면, 이 구간만 힘들게 오르면 곧 내리막길이 나올 거라고 믿는 것이다. 그리고 끝날 때까진 끝난 것이 아니라는 마음이다. 어쩌면 인생을 살아가는 데도 이러한 마음이 필요할 것 같다. 먼 미래보다는 지금 이곳에서 행복해야겠다는 다짐, 끝나지 않을 것 같은 이 힘든 일을 잘 극복하면 더 좋은 일이 찾아올 것이라는 낙관 말이다.

지금도 대한민국 어디에서는 묵묵히 걸어가는 사람들이 있으리라. 모두가 잠든 후에도 깨어 자신의 길을 찾는 사람, 다른 이를 인도하는 사람, 옆에서 묵묵히 함께 걸어주는 사람들이 있으리라. 하늘과 땅과 바다에서, 전후방 각지에서 등불처럼 비추고 있기에 많은 사람이 편안히 잠들고 또 무사한 아침을 맞는다. 많은 일을 사람 대신 기계가 할 수 있는 시대라고 하지만, 밤을 새워 굳이 걸어가는 일은 우리에게 남은 마지막 의미이자 낭만이 아닐까 한다. 어둠이 깊을수록 빛나는 새벽별 같은 사람 중 하나가 되어 오래 그 자리에 있고 싶다.

여군이라 힘들지 않나요?

몇 해 전, 방송국 작가로부터 인터뷰 요청을 받은 적이 있다. 상관에게 성추행 피해를 입고 사망한 이예람 공군 중사 사건과 관련해 전직 여군들 의견을 취재한다고 했다. 일정이 맞지 않아서 인터뷰는 진행하지 않았지만, 내내 마음이 무거웠다. 만약 이야기할 수 있다면 무슨 말을 어떻게 해야 하나 고민이 된다. 여전히 군에 애정을 가지고 있지만, 그 애정과는 별개로 나와 주변 여군들이 겪은 사건에 대해 분노와 답답함도 느낀다.

현역으로 근무했을 때 많은 사람이 물었다. 여군이라 힘들지 않냐고. 그럼 나는 "여군이라 힘든 것보단 군인이라서 힘들죠"라거나 "회사원들 힘든 거랑 똑같죠"라고 대답했다. 한편 어떤 사람들은 여군을 부대의 연예인처럼 상상하고, 여군이 하는 일은 쉽고 눈에 띄는 업무라고 생각하기도 한다.

사실 여군은 선발 과정, 입영 훈련, 자대 생활까지 남군보다 더 제한사항이 많고, 감수해야 할 것이 많다. 그럼에도 불구하고, 아직 우리나라에서 여군으로 산다는 건 온전히 자신이 선택한 것이기에 불평불만을 하지 않는 것이다. 연예인에게 악플을 달며 '공인이니까 욕먹을 각오는 해야지?'라고 말하는 사람들이 있는 것처럼, 여군의 힘들다는 한마디에 '누가 군대 가라고 했어?'라고 생각하는 사람도 있다.

내 군 생활이 시트콤 같거나 즐겁게만 보인다면 그건 내가 군 생활을 그렇게 기억하고 싶고, 가볍게 웃을 수 있도록 풀어내기로 선택한 것이기 때문이다. 나는 군과 군인을 사랑하고 잠시나마 군인으로 복무했다는 것에 자부심을 가지고 있다. 그래서 지난 군 생활에 대한 한탄이나 원망, 후회보다는 다른 좋은 것들을 많이 남기고 싶다.

나는 여군 출신이라고 말하지 않는다. 양성과정으로 말하면 학군단, ROTC 출신이고 병과로 말하면 정훈장교 출신이다. 1980년대까지 존재했던 '여군' 병과는 폐지된 지 30년이 넘었다. 그렇지만 성별은 여자인 군인이었기에 여군이었다. 전역한 지금까지도 여군에 관한 사고 뉴스를 접하면 한동안은 슬픔과 좌절감, 죄책감에 사로잡힌다. 내가 지나온 날들, 그리고 아직 군에서 근무하는 동료들의 모습이 오버랩된다.

아직도 성희롱이 단순히 성욕에서 비롯되었다고 생각하는 사람이 있을까? 성희롱은 권력의 문제다. 내 경험을 예로 들면, 병사와 부사관들에게 성희롱을 겪은 적이 없다. 군 생활에 회의감을 느끼게 하고 직접적인 불편과 희롱을 가한 건 선배 장교들이 대부분이다. 여기서 대부분이라고 말하는 건 병사와 부사관으로부터 피해를 입은 여군 동기와 동료들도 있기 때문이다.

나는 군사재판을 겪은 후로 스스로 더 이상 잃을 것이 없다고 생각했다. 여군을 비하하거나 무시하는 뉘앙스로 말하는 남군 선배에게 대들며 싸웠고, 남군 후배를 혼냈다. 그것도 말이 통할 것 같은 사람들에게나 하는 노력이었다. 여군이 1만 명 넘게 복무하는 현재도 여군을 부대원으로 받기 꺼려 하는 부대가 있다. 마땅히 해야 하는 업무도 배려라고 제

외할 때가 있고, 어차피 어디 가서 말도 못 할 테니 자존감을 후려치거나 감정받이로 여기는 사람도 있다.

내가 겪은 모든 일화를 나열하고 싶지도 않고, 성별로 가해자와 피해자를 구분하자는 얘기도 아니다. 다만 군 생활의 목표로 '병과장(장군)'을 꿈꿨던 내가 '살아서 제대하기'도 불가능할 거라 느껴졌던 6년 4개월 동안 많은 일이 있었다. 여군이 아니었다면 겪지 않고 고민하지 않았을 일이 많다. 행정 병과 장교로 복무했고 아버지가 직업군인이었던 내게도 이 정도였다. 모든 군인이 교육훈련과 업무에 관한 고민만 하게 되기를 빈다. 군인의 죽음은 전쟁에서만 있어야 한다.

직업병 : Interview

군인의 반대말로는 민간인, 일반인, 사회인 등등 많은 단어로 표현할 수 있지만, 나는 '자연인'이라는 말이 마음에 든다. 자연인으로서의 나는 남에게 관심이 없다. 상대방이 먼저 말하지 않으면 꼬치꼬치 캐묻지 않는다. 남의 호의도 거절하고 싶을 때가 많다. 안 받고 안 주자! 얼마나 깔끔해? 손해 보는 것도 빚지는 것도 싫다.

반면 군복 입은 나, 먼저 다가가서 친한 척한다. 뻔뻔한 얼굴을 하고 아쉬운 소리, 도와달라는 소리가 잘만 나온다. 부대원들의 온갖 대소사에 참견한다. 부대 훈련에 매번 지원 나와서 친해진 선배에게 "선배님, 웨딩촬영 잘하셨습니까?" 물었을 때는 나조차 소름이었다. 정신 차려! 오지랖 넣어둬!

파워 내향인이 전투복을 입기만 하면 어쩜 그렇게 적극적인 인간이 되는지, 완전 아이언맨 슈트가 따로 없다. 그런데 멈출 수가 없었다. 매일매일 다른 사람의 이야기가 궁금한 것. 이건 메시지에 답장을 바로 해야 하고, 휴대폰을 끄지 못하는 군대 습관과 함께 내가 리포터로 얻은 직업병이다.

처음으로 사단에 발령받아 월간 소식지를 편집하고 발행하는 일을 했다. 한 개 사단에도 수많은 부대가 있어서 매달 기삿거리가 많았다. 대대장 이취임식부터 위문공연, 부대개방행사 등. 겨울이면 붕어빵으로, 여름엔 팥빙수로 GOP(최전방 철책선) 부대를 격려하는 사진이 날아들었다.

보내준 사진을 넣고 육하원칙에 따라 작성하면 되는 일반기사와 달리, 특집 기사를 쓰거나 기고문을 수정하려면 궁금한 점이 한도 끝도 없어서 직접 취재에 나가게 됐다. 같은 부대에서 근무하는 쌍둥이 병사, 독거노인들을 위해 도시락 배달 봉사하는 부사관, 팝핀댄서로 활동하다가 입대한 병사…. 인터뷰를 하다 보면 늘 계획한 시간보다 길어졌고 할 말이 끝나지 않았다. 군 생활을 먼저 시작한 남자친구들에게 "원래 병사들이 말을 잘해? 아님 내가 여군이라 편해서 그래?" 물었을 정도로 인터뷰이들은 말이 많았다.

친구들은 "여군이라 그런 건 잘 모르겠고, 지휘관이 아니라서 얘기를 잘하는 것 같다"거나 "24시간 얼굴 보면서 생활하는 사람들끼리는 속 얘기를 잘 안 하니까 기회가 될 때 많이 하는 것 같다"라고 했다. 하긴 가족보다는 가끔 보는 친구들에게 더 깊은 얘기를 할 때도 있는 것처럼 그런가 보다 했다.

리포터 역할에 너무 몰입했던지 일과가 끝나고 밤샘 당직 근무 때도 질문은 계속되었다. 그러려고 그런 건 아니었는데, 나의 급취재는 선배들의 꼰대질을 방지하는 효과도 있었다.

함께 밤샘 근무를 하는 남군 선배들은 짠 것처럼 똑같은 조언을 했다. 1번, 소위 때 차 사지 말아라. 2번, 군인이랑 결혼하지 말아라.

두 조언 모두 앞길이 창창한 여군 후배를 위해 하신 말씀이지만, 그렇게 말 안 하셔도 애초에 나는 둘 다 안 할 거였다. 칭찬도 반복되면 듣기 싫어지는데, 인생 조언은 더했다. 내 연애사와 신상을 궁금해하시는 한 선배에게 역으로 "아내분이랑은 어떻게 만나셨습니까?" 인터뷰를 시작하자 추억의 이야기와 함께 날이 밝아오는 기적….

그때부터 기나긴 밤 선배들의 러브스토리를 취재하는 게 소소한 재미였다. 한 선배는 소개팅에서의 원활한 대화를 위해 12개가 넘는 주제를 준비해 갔다. 그런데 지금의 아내분과는 한 가지 주제로 3~4시간을 얘기하면서 말이 잘 통해 결혼을 결심하셨다고. 또 한 선배는 소개받기로 한 사람 대신 전화 목소리가 예뻤던 주선자분께 "너가 나와라"고 했다고.

병사들뿐만 아니라 간부들 역시 부대에서 이런 얘기를 할 기회가 잘 없다 보니, 질문만 던졌을 뿐인데 한 가정의 역사를 알게 되었다. 개인적인 이야기를 나눠서인지 하루 만에 친밀도는 급상승하고…. 또 나는 나대로 얘기를 듣는 것도, 추억여행 하는 선배들의 밝은 표정을 보는 것도 좋았다. 요즘 군인 남편, 군인 아빠들은 참 다정하구나 생각하면서.

그러다 우연히 보게 된 지인의 카톡 대화명이 시적이어서 기억에 남았다.

'내가 매일 너를 발견해 줄게'

'내가 매일 너의 이상함을 발견해 줄게'

'이상한 너를 격하게 사랑한다'

아마 자녀에게 전하는 말 같은데, 여기서 나는 '발견'이라는 단어가 마음에 박혔다. 나는 함께 생활하는 부대원들을 매일 새롭게 발견하지는 못했지만, 목격 정도는 한 것 같다. 매일 똑같이 보는 얼굴들인데도 더 알고 싶은 게 얼마나 많았는지, '알면 사랑한다'라는 말이 얼마나 대단한지.

휴가는 어떻게 보냈어? 애인이랑 사이는 어때! 부모님 건강하시지? 요새 무슨 생각을 하며 지내니? 끝도 없는 나의 질문 공세에 마음을 열고 얘기해 주어 고마웠다. 지금 생각해 보니 내 얘기는 잘 하지도 않고 사생활 침해도 이런 침해가 없었다 싶다. 돌아보면 다 사랑해서 더 알고 싶은 마음이었다!

인터뷰

조민지 前 공군 대위

공군은 모두 조종사인 줄 알았다.

육, 해, 공군과 해병대 중 고민 없이 육군 장교로 입대한 난 다른 군을 좀 멀게 느꼈고 어느 정도의 환상과 그만큼의 편견도 있었다. 전역을 앞두고 근무한 국방부 직할부대에서 다른 군 동료들과 근무하며 같은 상황을 다양한 관점으로 바라보게 되고, 타 군에 대한 호기심이 생겼다. 특히 가깝게 지냈던 조민지 前 공군 대위를 통해 조종사 아닌 공군 장교의 생활을 엿볼 수 있었다.

조민지 前 공군 대위는 2016년 공군 학사장교로 임관해 재

정 병과(군사특기)로 복무하고 2021년 전역했다. 내게는 군 후배이자, 인생 선배기도 하다. 입대한 방식도, 군도, 병과도 달랐지만, 또래의 비슷한 시기를 지나며 여전히 함께 고민을 나누고 용기를 얻는 든든한 친구다. 현재는 민간인 신분으로 여대 학군단 행정실에서 근무하고 있다. 2년 차 군대 나온 여자인 그녀에게 지난 군 생활과 전역 후 일상을 묻고 싶었다.

신나라 평소 받는 질문의 반대 순서로 물어보는 게 좋을 것 같다. 짧지 않은 시간 군 생활을 했는데, 어떤 군인, 어떤 사람으로 기억되고 싶은지?

조민지 짝사랑하고 있는 사람. 현역일 때도 전역한 지금도, 군을 생각하면 좋고 아쉬운 감정이 든다. 전역 후 공무원 시험을 준비하다 기회가 되어 모교의 공군 학군단에 근무하고

있는데, 아직 군에서 나를 필요로 하는 것 같아서 감동이었다. 또, 후보생들을 보면 지나온 내 모습이 겹쳐 보여 치유가 되는 기분이다.

신나라 학군단은 군사기관이라 '군대 나온 여자'와 맞지 않는 것 같아서 고민했다. 그래도 전역한 여군들이 어떻게 지내는지 궁금해서 기획한 인터뷰니까. 현재 퇴역인지 예비역인지?

조민지 다시는 군 복무 할 일이 없을 거라고 생각했기 때문에 퇴역을 선택했다. 만에 하나 군에 다시 들어온다면 군무원을 준비했을 거다. 군 생활 5년도 많이 한 것 같고 충분히 가치 있는 시간이었다. (2011년까지 여군은 제대할 때 무조건 퇴역이었다. 2011년 5월 군 인사법 개정 이후 현역 여군 간부는 퇴역, 예비역으로의 전역을 선택할 수 있게 됐다.)

신나라 전역한 이유가 있는지, 계획에 없는 전역이었다면 받아들인 계기가 있는지?

조민지 아주 적은 수의 공군 장교, 그 와중에 더 소수인 행정병과로 근무했다. 다른 군도 마찬가지겠지만 사관학교 출신, 특히 조종사 출신이 아니라서 비주류로 여겨지는 분위기를 느꼈다. 나중엔 진급하기 어려울 것이라고 판단했다. 이건 전체적인 부분이고, 개인적으로는 소위~중위 때 힘든 부서장을 만나서 초장에 복무 의지가 많이 꺾였다.

신나라 초급간부 때 어려운 일을 겪었던 나와 비슷한 것 같다. 어떤 일이 있었는지?

조민지 처음 자대로 가서 만난 부서장이 진급 선발을 앞두고 있었다. (진급을 간절히 바라는 상관 밑에서 근무하는 건 감정적으

로도, 업무로도 고되다.) 그분은 3개월 동안 집에 가지 않고, 부대와 숙소를 오가면서 시도 때도 없이 업무를 시켜 부서원들을 괴롭게 했다. 진급을 위한 성과 때문에 그러는 줄 알았는데, 진급을 한 후에도 소위~중위 후배 장교들에게 악독하게 했다. 당직근무 후 퇴근도 시키지 않아서(나도 당했는데!) 후배 장교가 감찰실에 신고한 적도 있다.

신나라 반대로 군 생활 중에 좋은 기억으로 남은 건 어떤 건지?

조민지 경남 진주 공군훈련소에서 기초군사훈련을 받던 시절이다. 당시에 같은 소대 동기들을 잘 만나서 행운이었다. 아직도 인상 깊은 장면이 있다. 체력이 약해 뜀걸음에서 뒤처졌을 때, 저 앞에 있던 동기 한 명이 옆으로 와서 같이 뛰어줬다. 행군할 때 동기들과 물 한 모금도 나눠마시던 그때

팀워크를 쌓으며 하루하루 성장했다. 3개월 동안 휴대폰 없이 지낸 것도, 다 큰 어른들이 병영식당에서 치킨 한 조각 더 먹겠다고 싸운 것도 지나고 보니 즐거웠던 추억이다.

신나라 여러 군 중에서 공군을 선택한 이유와 군인이 된 계기가 궁금하다.

조민지 대학 졸업을 앞두고 있던 시기에 우리 학교에 여대 최초 학군단을 설치한다고 했다. 당시에 공무원 시험을 준비하고 있던 차에 '장교'라는 직업에 관심이 생겼다. 이미 필기시험은 대비가 되어있어서 육, 해, 공군 학사장교 시험을 모두 응시했다. 세 군데 모두 합격했는데 부모님이 위험하다고 강하게 반대하셔서 포기하고, 평소 관심 있던 연예부 기자로 일하게 됐다. (구체적으로 어떤 게 위험해서 반대하신 건지?) 민간인들에게는 훈련, 특히 사격 같은 것이 위험하게 보일

수 있다. (하긴 안전한 직업은 아니다. 군인인 우리 아빠도 반대하셨다.) 5년 동안 일을 하다가 업계의 낮은 급여, 횡포에 질려 다시 학사장교 시험을 봤다. 이때도 육, 해, 공군 모두 응시해서 육군과 공군에 합격했다. 경영학을 전공해서 재정 병과를 선택했는데 면접관께서 경쟁률이 높다며 "혹시 방포(방공포) 특기를 부여해도 입대하겠느냐" 물었다. 면접관은 한번 해 본 말이었을 텐데 기자 생활에 너무 지쳐서 "서울의 핫한 곳은 다 다녀보았다. 이젠 조용한 산에 들어가는 것도 나쁘지 않다"라고 대답했다. 실제로도 그런 마음이었는데, 다행히 지원한 대로 재정 장교가 됐다.

육군과 공군 중에 공군을 선택한 이유는 시설 때문이다. 디테일하게 말하면 육군 면접장 화장실엔 비데가 없었고, 공군 화장실에는 있었다. 이 작은 부분에서 엿본 군의 병영문화가 다를 것 같았다. 하지만 육군이 장기 복무 선발 인원수가 많아 후에 육군을 선택하지 않은 걸 후회했다.

신나라 다시 군 생활을 하고 싶은지?

조민지 만약 소위 시절로 돌아간다면 처음 그 부서장을 어떻게든 일찍 피해서 근무하고 싶다. 아무것도 몰랐던 시기에 데미지가 너무 컸다. 군 생활 전체 5년을 좌우할 만큼. 다만 전역한 지금이 좋고, 아름다운 이별로 기억하고 싶다.

민지는 인터뷰 초반에 "아직도 군에서 나를 필요로 한다는 게 감동이에요", "후보생들과 생활하며 치유가 되는 기분이에요"라고 했다. 전역 후에도 군과 군인에 대한 애정을 가지고 지난 시절을 소중히 여기는 게 우리의 공통점이다.
나는 전역을 몇 개월 앞두고 부대 출근하기가 너무 싫었다. 그럴 때마다 그녀와 점심 약속을 잡아 "오늘은 민지랑 밥 먹으러 가는 거야" 생각하며 출근했다. 부대 앞에서 함께 밥 먹고, 커피 마시며 보낸 시간이 말년 군 생활의 활력소가 됐

다는 걸 이제 민지도 알겠지.

10개 과가 넘는 큰 부대에서 우연히 만나 이제는 일상의 소소한 이벤트를 함께하는 인생 전우가 되었다. 앞으로도 서로의 내딛는 발걸음을 응원하고 지켜보길 기대하며….

Chapter 3

남자친구들은 늘 제대하라고 말했다

남자친구들은 늘 제대하라고 말했다

장교 후보생 시절부터 전역할 때까지, 그러니까 군인을 준비했을 때나 군인 신분이었을 때 만난 애인들은 늘 내게 제대하라고 말했다. 정확히 말하면 "제대하면 안 되냐?"고 물었다. 왜 그랬을까?

나는 군 생활 동안 쌩(?) 민간인을 만난 적이 없다. 함께 학군단 생활을 했든지 부대에서 만났든지 군 생활의 시기가 겹쳐 인연이 된 일이 대부분이다. 내가 군인일 때 만났고, 군인이어서 만났다. 그런 만큼 직업군인으로 오래 지내고 싶은 나의 소망을 이해하고 응원할 거라 생각했다. 그런데?

남자친구가 민간인이거나, 병사 출신인 여군 동기들 말을 들어보면 오히려 군 생활을 지지했다고 한다. 멋있고 수당 많이 나오는 직업이니 제발 제대하지 말라고…. 그런데 나는 왜! 제대하라는 말을 들어야 했을까.

몇 가지 이유를 생각해 봤다. 첫 번째는 군인이라는 직업이 고되고 힘들 것 같아서. 우리나라 여군의 입지와 처우가 열악한 것 같아서. 실제로 내가 임관한 2014년 전후에 여군 관련 사고가 많았다. 대표적으로 상관의 성추행 때문에 사망한 오 대위 사건, 그리고 후에 나의 첫 부대가 된 을지부대에서 임신 중 순직한 이신애 대위 사건.

나 역시 초임장교 때 당한 가스라이팅과 괴롭힘 이후 우울 에피소드(질병)를 얻었고, 살아서는 군대 밖으로 나가지 못할 거라고 생각하며 좌절했다. 그런 내 상태를 알았던 당시 남자친구는 말할 수밖에 없었을 것이다. 제대하면 안 되겠냐고.

그때는 내가 오래 꿈꿔온 군인이 된 것, 군복을 입고 있는 게 너무 좋아서 제대할 생각을 못 했다. 죽어도 군인 신분인 채로 죽겠다고 생각했다. 어쨌든 우리는 헤어졌고, 나는 이

후로도 군 생활을 하며 오래 아팠다. 가끔 상상은 해본다. 그때 전역했으면 더 건강했을까. 아니면 많이 후회하고 재입대까지 생각했을까.

또 다른 이유는 군대가 남초 사회여서, 혹시 내가 쉽게 다른 사람을 만날 것 같아서? 이런 이유라면 나는 아주 사소한 부분이라고 생각하지만, 잘 모르는 사람들은 제일 비중 있게 생각하더라. 사회에서 만난 사람들은 내가 군인이었다는 사실을 알면 "여군은 골라서 사귈 수 있다는데 정말이에요?"라고 많이 묻는다. 여군이건 남군이건 골라 사귀는 사람은 어딜 가나 있겠지만, 군대가 무슨 동물의 왕국도 아니고….

그러나 내가 중요하게 생각하지 않아도 상대방 입장에서는 불안했을 수도 있겠단 생각이 든다. 남군들과 밤샘 당직을 서고, 회식 자리도 동기 모임에도 여자는 나뿐이고, 평상시에는 잘 못 보고 훈련 때는 연락도 안 되고…. 나는 상대방에게 자유를 줬다고 생각했지만 지나고 보니 방치였던가. 얼결에 질투심을 유발했던가. 지금 돌아보니 어쨌든 미안했다.

마지막 이유로는… 시대에는 좀 뒤떨어지나 현실성 있는 이유라고 본다. 본인의 군 생활이나 사회생활에 여자친구,

아내가 뒷받침되어주길 바라는 마음이 있는데, 여군인 내겐 그런 걸 기대하지 못할 것 같아서?

뒷받침은커녕 같이 군 생활을 하면 경쟁을 할 수도 있다. 이게 선의의 경쟁이 되면 Win-Win인데(실제로 롤모델인 부부 군인이 많았다), 내 군사특기가 행정이고 좋은 부대에 근무한다고 질투하는 남자친구도 있었으니 쉽지는 않았을 것 같다. 여전히 난 군인(그리고 어떤 직업도)이 내조가 필요한 직업은 아니라고 본다.

속사정은 자세히 모르지만, 민간인과 결혼한 여군들의 결혼생활 이야기가 더 재미있다. 남편은 병장, 본인은 하사일 때 만나 아직도 '다'나 '까'를 쓰며 싸우시는 여군 원사님 부부. 부대에 비상이 걸리면 주부인 남편이 아이를 챙기며 군인 아내를 기다리신단다.

그리고 내조를 못 하는 건 내가 여군이어서가 아니다. 다만 내가 나였기 때문이다. 회사원인 나여도 내조는 못 한다. 그래도 지난 애인들이 했던 "제대하면 안 되겠냐"라는 말 때문에 군 생활을 6년 4개월이나 할 수 있었던 것 같다.

2년 4개월 의무복무만 하면 충분했을 것을 오기로 연장하고 버티고… 전역하고 싶을 때마다 한 번씩 전역하라고 해줘서… 그래서 진짜 제대 안 하게 해줘서… 20대의 전부를 군대에서 보내게 해줘서…

고맙다… 지난 인연들아.

제 꿈은 정훈 병과장입니다?

1.

머나먼 길을 찾아 여기에

꿈을 찾아 여기에

괴롭고도 험한 이 길을 왔는데

이 세상 어디가 숲인지 어디가 늪인지

그 누구도 말을 않네

– 조용필, 꿈 中

소위 때 원통 터미널 앞 노래방에서 많이 불렀다. 내 얘기 같아서 또르르 눈물도 흘렸다. 푸른 꿈을 안고 도착한 곳이 고작 여기라니…. 그 시절 인제 원통엔 코인노래방 같은 거 없었다. 코노가 뭐야, 커피 체인점도 더페이스샵도 없었다.

대학 졸업과 동시에 육군 장교가 되면서 어릴 적 꿈을 이뤘다. 사실 꿈과 직업, 진로, 장래희망은 모두 다른 모습일 수 있는데, 내 경우 초등학교 6학년 학급문집에 장래희망을 '군인'이라고 적었다. 그 후로 다양한 직업에 관심 있었지만, 고등학교 생활기록부 진로희망란엔 고2 때 '군인', 고3 때 '아나운서'와 '장교'가 적혀있다. 그런데 꿈을 이룬 다음에는, 원하던 직업을 갖게 된 이후에는 어떻게 해야 하는지 누구도 말해주지 않았다.

오랜 시간 동안 군인이 될 거라고 생각해왔지만, 육·해·공군 장교인지 해병대인지 고민한 적도 없고, 장교와 부사관은 어떻게 다르고 무슨 일을 하는지도 몰랐다. 그냥 꿈이었으니까. 꿈은 막연한 실루엣만으로도 설레고, 실체가 없어서 종종 잊어버리니까.

ROTC 후보생 때는 임관 전에 제적당할 수 있고 본인 의지에 따라 그만둘 수도 있어서 꿈을 이룬단 실감이 안 났다. 후보생 1년 차 생활(대학교 3학년) 중 진로를 바꾸어 장교로 임관하지 않은 동기도 있고, 또 4번의 입영훈련을 모두 마치고 그만둔 동기도 있었다. 나도 내가 제적당하거나 몇 번이고 학군단을 뛰쳐나올 것 같아서 불안했다. 소위로 임관하고 교육기관에서 지냈던 학생장교 시절엔 어엿한 계급장과 군번도 있는 진짜 군인이었지만, 고만고만한 동기들끼리 지내다 보니 후보생과 다를 바 없었다.

운 좋게도 소위 때부터 사단사령부[9] 에 근무하게 되면서 주로 예하부대를 관리하고 종합하는 업무를 했다.

다들 상급부대에 근무한다고 하면 부러워했지만, 대대, 연대로 간 동기들에 비하면 나는 경험하지 못하는 것들도 있었다. 예를 들면 2~300명 이상의 병력(부대 인원)을 교육하거나 그들과 24시간 부대끼며 추억을 쌓고 끈끈해지는 일들. 한 부대에 여러 명의 동기 소대장들이 함께 근무하는 것도 부러웠다. 후에 나는 여단에 근무하며 찐하게 징하게 부대원들과 생활하고 훈련 뛰면서 원을 풀게 된다.

무더운 6월에 사단에 전입해 동기들과 초임장교 집체교육[10]

---

9 사단사령부: 사단의 많은 부대를 지휘, 운영하는 본부. 주로 대위 계급 이상 간부들이 근무한다. 기업의 본사와 비슷함.

10 초임장교 집체교육: 기업의 신입사원 연수와 비슷한 프로그램으로, 부대 적응을 위한 여러 활동이 있다. 당시 집체교육의 백미는 완전군장 GOP 행군이었다.

을 받는데, 참모장님 훈시를 앞두고 선배 장교가 '꿈이 뭐냐?'라는 질문에 답을 준비하라고 했다. 막연하게 대답하면 크게 혼날 거라고, 구체적이고 명확한 군 생활 목표를 말해야 한다고.

이제 막 야전에 도착한 소위들이 어떤 꿈을 말해야 할까? 그때 난 중위로 진급만 해도 좋을 거라 생각했다. 그러나 수많은 동기들과 참모장님 앞에서 그렇게 얘기할 순 없었다. 상황은 점입가경, 앞에 동기들 입에서 대대장, 사단장, 군사령관, 육군참모총장까지 나왔다. 니들 단기복무라며….

일이 점점 커지고 있었다. 육군의 수장까지 나왔단 말이다. 이제 시시한 대답을 하려야 할 수 없었다. 심장이 쫄리던 와중에 순서가 되어 나도 질렀다.

"제 꿈은 정훈 병과장[11] 입니다."

2.

"제 꿈은 정훈 병과장입니다."

뻥이었다. 입 밖으로 꺼내는 순간 내가 제일 먼저 알았다. 아, 이건 아닌데….

---

11 정훈 병과장: 장군, 내 군사특기(정훈 병과)에서 가장 높은 직책.

말에는 힘이 있어서, 선언을 하게 되면 그 말이 진짜가 되어 날 이끌 거라 믿었다. 대답할 차례를 기다리는 짧은 시간, 설핏 기대했다. 급 떠올린 목표라고 해도 얼결에 꿈이 되면 좋잖아? 내 순서도 앞 동기들처럼 무난하게 넘어갔다. 아무도 신경 쓰지 않았지만, 그때 알아버렸다. 내겐 목표를 세울 필요가 없었다.

이미 꿈을 이뤄서 앉아 있는 거였다. 너무 오랫동안 꿈꿨기 때문에 전투복을 입고 있는 것으로 만족이 됐다. 얼마간 꿈같은 건 바라지 않아도 될 만큼 배불렀다. 그러나 자리가 자리인 만큼 "제가 그만두고 싶을 때까지 군 생활하는 게 꿈입니다"라고 말할 수 없었다.

꿈꾸지 않아도 하루하루 벅찬 날들이었다. 이제 막 전방부대원이 되어 "우리는 적, 지형, 기상과도 싸우는 싸움꾼"이라는 얘기를 들었을 때 가슴 설렜다. 생일날 당직근무를 서도, 비상소집 때문에 데이트를 미뤄도, 이름 대신 "문화(홍보문화장교)야" 불려도 좋았다. 아무리 군 생활을 오래 해도 나는 달기 힘든 견장을 차고 있는 동기들이 부러워서 스스로 우리 부서 병사들의 소대장이라는 마음으로 지냈다.

평일 야간이나 주말 아침 레토나 타고 가는 GOP 순찰. 야생 고라니와 멧돼지를 마주쳐 몇 번이나 교통사고가 날 뻔

한 것도, 복귀하는 길에 병사들이랑 칼국수 한 그릇씩 먹는 순간들도 소중했다. 참 어리고 해맑았다.

그럼에도, 그 맑았던 나날 중에도 먼지 같은 일들이 생기고 사소한 많은 것들은 자주 나를 숨 막히게 했다. 밤샘 당직근무 후 사무실에 가면 퇴근할 수 없었다. 퇴근을 하긴 했다. 오전에 퇴근하면 점심 먹고 다시 출근해야 했고, 오후에 퇴근하려면 오전동안 업무를 봐야 했다. 당직 서고 업무 후 퇴근하는 내게 부서장은 "네가 여군이니까 퇴근시켜주는 거다"라고 했다. 밤샘근무 후 퇴근하는 당연한 일이 나한테 대단한 특혜가 되는 것처럼.

사단사령부에 딱 두 명인 소위에게 향하는 선배 장교들의 관심과 애정 역시 삐딱하게 보았다.

"넌 사람들이 다 널 좋아하는 줄 알지?"

"그런 식으로 진급하고 장기 할 생각하지 말아라."

그런 사람이었다. 나를 팔아가면서까지 진급하고 장기복무할 이유 없었고, 군대는 그런 식으로 진급하는 시스템도 아니다. 내가 여군인 걸 그렇게 못마땅하게 여기면서도 업무 외적으로 여직원이 필요할 때는 이용했다. 날 군인이라고 생각은 했을까. 모든 게 새롭고 어려운 환경에서 기를 쓰고 견디려는 소위가 그렇게 보기 싫었을까.

상급부대 표창을 받고, 글 써서 상 받고, 업무 때문에 지휘부, 타 부서, 예하부대에 오가는 것도 꼭 내가 부적절한 행동을 하고 있는 것처럼 말했다.

"이제부터 글도 쓰지 말고 말도 하지 말고 눈에 띄지 마. 여군은 가만있어도 눈에 띄니까."

혼란스러웠다. 정훈장교에게 글 쓰지 말고 말하지 말라고 하니 출근해서 뭘 해야 하나 싶었다. 그런 상황이 지속되니까 마음이 아니라 정신이 아프단 느낌이 들었다. 우울 에피소드(Depressive episode)의 시작이었다.

아침에 눈 뜨면 침대가 몸을 붙잡고 있다고 느껴질 만큼 일어날 수가 없었다. 숙소 앞에 거세게 흐르는 내린천을 보고 있으면 무서웠다. 저기 뛰어들면 아무도 날 못 찾겠지? 생각하면서. 가만히 있어도 창문으로 몸이 끌려가는 것 같아 매일 밤 창문을 잠갔다. 출근길 위병소 앞에 서면 발걸음이 안 떼졌다.

통화 중에 문득문득 "내가 무슨 말 하고 있었지?" 되물었고, PC 비밀번호와 숙소 비밀번호, 휴대폰 패턴도 기억나지 않았다. 눈에서 글자가 튕겨서 책이 안 읽히고, 일기 한 줄도 적을 수 없던. 한동안 그런 시간을 보내며 중위가 되었다. 표정이 없어지고 슬픈 감정도 기쁜 감정도 느낄 수 없었다. 이제 진짜 내가 날 죽이겠다 싶을 때쯤 알았다.

나는 날 표현하고 드러내야 되는 사람이구나…. 내가 나여야지 살 수 있겠구나….

후보생 때부터 들었던 수많은 '안 돼'와 '하지 마'란 말들 속에서, 오래 꿈꿔온 직업군인으로 산다 해도 내가 나인 게 안되는 거라면 죽을 것 같았다. 전역을 생각했다. 바라고 원하던 군인이 됐지만, 살아있어야 꿈도 직업도 의미 있다고 한없이 설득했다.

거울을 보면 후보생 때 만난 여군 훈육관님들 얼굴이 보여 조금 당황스럽고 흐뭇했던 거, 내 이름 뒤에 소령 중령을 붙여보고 30대 40대에도 군인인 모습을 상상했던 거…. 언감생심 장군은 아니어도 대단한 걸 욕심내진 않았는데…. 올지 안 올지도 모르는 미래보다 내가 더 소중해서 포기가 됐다. 앞으로 쭉 읽고 쓰고 말하며 살아야 되니까.

그때부터 군 생활 목표는 '행복하게 복무하는 군인, 신념을 가지고 자유롭게 사는 장교'가 됐다. 인생의 목표는 삶, 일상에 대해 애정과 호기심 어린 시선을 가지고 계속 쓰는 사람이 되는 것.

당분간 계속 생각나고 쓰고 싶은 건 한때(?) 사랑한 군과 군인들 얘기다. 여전히 난 내가 더 사랑한 것 같다. 그래서 환상이 깨지기 전에 쿨하게 전역했다고 말한다. 좋게 헤어졌다고, 아름다운 이별이라고 웃으며 얘기할 만큼 이제 괜찮아졌다. 길면 길고 짧다면 짧은 시간 군에 복무하며 배운 게 더 많고 좋은 인연들도 만났다. 미워하고 싫어지기 전에 전역하게 되어 참 잘된 일이라고 생각한다. 제대하면 많이 꾼다던 재입대 꿈도 난 잘 안 꾸고.

하긴 그래도 군복 입던 때가 참 예뻤더라….

내향인의 군 생활, 괜찮을까?(Feat. MBTI)

※ 주의 : 이 글은 MBTI에 과몰입하여 지극히 주관적일 수 있습니다.

우리 집 세 자매의 MBTI는 모두 다르다. 나는 '열정적인 중재자'로 알려진 INFP고 동생들은 각각 ISTJ, ESTJ로 '청렴결백한 논리주의자', '엄격한 관리자'형이라 한다. 이들은 사실 그대로를 받아들이며 상황에 있어 계획, 절차를 중요시한다. 그에 비해 나는 "어쩌겠어~ 그런 일도 있는 거지~"

하며 몸을 맡기는 스타일이다.

계획이 뒤틀리면 스트레스받는 J들과 앞으로 남은 일정, 내 컨디션이 더 중요한 P. 애초에 난 계획 같은 거 별로 없다. 막냇동생은 우리 셋 단체 카톡방의 이름을 '보헤미안과 엄격한 동생들'로 지었다.

여기서 의문이 들었는데, 왜 엄격한 자매님들은 군대에 안 가고 보헤미안이 군대에 제 발로 갔을까? 그러고도 6년이 넘는 시간 동안 어떻게 군 생활을 했을까?

* INFP 선호지표: [내향, 직관, 감정, 인식]

요즘도 내가 내향적인 성격이라고 밝히면 안 믿고 웃는 사람이 많다. 특히 군복 입고 다닐 땐 부서에서 부서를, 부대에서 부대를 위풍당당하게 다녔기에 날 외향적이라고 생각하는 동료들도 많았다. 그걸 '신 중위, 신 대위는 성격이 좋아'라고 표현했고, 칭찬이란 걸 알면서도 조금은 불편했다. 활발하고 사교적인 모습만을 보여야 할 것 같아서.

그 와중에 '나이에 비해 진중하고 평정심을 유지하는 것 같다'는 칭찬을 들었을 땐 '나를 알아보는 건 이 사람뿐이구나'라는 마음과 '저도 불안한데요… 대체 어디가요…'라는 생각이 공존했다.

INFP는 개인주의적이다. 사회의 보편적인 정서에 크게 의존하지 않는다는 평가도 있다. 동시에 이상적이기도 하다. 다행히 이런 몽상가, 행복한 이기주의자의 군 생활도 생각보다 즐거웠다.(나만)

사실 꽤 오랜 시간 동안 내 성격이 단체생활에 맞지 않다고 생각해서 ROTC 선발시험 준비를 도와주는 선배들에게 "전 프리랜서가 잘 맞을 것 같아요"라고 말한 기억이 난다. 연대책임 이런 거 이해를 못 했다.

만약 지금보다 조금 더 외향적이었다면 적극 전투병과 장교가 됐을 것 같은데, 소대원이나 중대원들과 생활했을 걸 상상만 해도 기 빨린다. 우리 부서 병사가 5명이었을 때도 한 명 한 명에게 집중하는 데 큰 에너지가 필요했다.

한편 관계에서 어느 정도 무심한 내 성향(I)은 부대 생활에선 장점으로 작용했다. 행정 병과인 정훈장교는 전투부대에서 대부분 혼자 근무한다. 다른 부대원들은 독립적인 업무를 하는 내게 "외롭겠어, 쓸쓸하겠어" 하고 걱정해 주었지만, 난 오히려 자유롭고 좋았다.

만약 바깥 상황에 마음을 쓰는 성격이었다면 나 홀로 다른 병과, 다른 성별로 근무하는 군대가 참 힘들었을 것 같다.

또 군 생활의 의미와 가치관을 교육하는 업무가 이상을 바라며 이론을 중시하는 성향인 내게 잘 맞았다.(N, F) 즉흥적이고 상황에 빨리 적응하는 태도도 군 생활에 도움이 됐다.(P)

사실 그전까지 내게도 있던 완벽주의 성향이 군에서 와르르 무너졌다고 본다. 일찍이 소위 때 전방부대에서 근무하게 되면서 오늘 할 일, 내일 할 일, 다음 주에 하려고 계획한 일이 북한 도발이나 날씨 같은 외부 상황 때문에 수포로 돌아가며 허무함과 좌절감을 느꼈다. 2년 정도 그런 상황이 반복되니까 나를 내려놓고 하루하루에 충실하게 됐다. 만약 전방부대에서 군 생활을 하지 않았다면, 자매님들처럼 J 성향이 강했을 것으로 추정해 본다.

내 INFP 성향이 군 생활에 큰 걸림돌이 되지 않았대도, 그럼에도 자매님들과의 대화에서, 제대한 친구들, 현역 군인들과의 대화에서도 공통적인 얘기가 있었다.

원래 MBTI가 무엇이든 군에서는 xSxJ가 유리할 것 같다! 군에서는 xSxJ로 바뀐다…!

생각보다 외향(E)/내향(I), 사고 중심(T)/감정 중심(F)은 영향이 덜한 것 같다. 군인으로서는 직관적이고 이상적인 N보다 현실과 실천이 중요한 S가 잘 맞는 것 같고, 자율성을 중시하는 P보다 목적과 계획을 중시하는 J가 적합할 것 같다는 게 우리의 의견이다. 자연인인 나는 INFP이고 그 사실을 좋아하며 받아들이지만, 사람들이 내 성향을 믿지 않는 이유도 이젠 안다. 군복 입은 나는 정반대의 성향 ESTJ로 변신해서 일했었다.

다음 주 예정사항, 4주간 예정사항, 분기별 반기별 예정사항을 염두에 두는 부대 생활, 나중에 가서 계획대로 안되어도 우선 짠다. 행정 부대에 근무하면서는 계획이 어그러질 일이 많이 없어 나도 적시에 업무하기 위해 계획을 세웠다.

만약 INFP 성향 그대로 복무했다면 1박 2일부터 길면 한 달도 하는 야외훈련도 못 견뎠을 것 같다. 왜 내가 못 먹고 못 자고 못 씻고 이러고 있는지 고민하며…. 탈영할 용기가 없어서 다행이었다.

내 모습을 억지로 고통스럽게 바꾼 것은 아니다. 다만 거대하고 안정적인 조직에 근무하며 스파이더맨, 아이언맨이 슈트 입고 벗듯 나와 정반대 모습의 나를 다 보여줄 수 있었다. 때로 나도 놀라는 오지랖과 계획성…. 자리 하나가 사람을 만드는 건 아니고 자리도 사람을 만든다. 내향인이어서 고민하는 예비 군인들에게 말해주고 싶다. 군 생활, 내향인이어도 괜찮아!

군 생활 중에 하고 싶었던 세 가지

ROTC가 되기 전인 대학 1, 2학년 때 나는 하고 싶은 게 없어 학교를 배회했다. 과 동기들이 "너 취업은 어떻게 하려고 그래?" 걱정했을 정도로 대책 없이 자아를 찾으러 다녔다. 학점도 엉망, 동아리와 학회에도 소극적이어서 도대체 국문학도로서 진로를 찾을 수가 없었다.

그런데 학군단에 입단하고, 나중에 군 생활하는 내 모습을 상상하니까 하고 싶은 일, 이루고 싶은 일이 많았다. 제일 먼저는 군에 글 쓰고 말하는 장교가 있다는 것을 알게 되어 공보정훈 특기에 지원해 선발된 것이다. 특기 분류에는 전공과 훈련 성적이 중요했기에, 입영 훈련이든 군사학개론 수업에서든 악착같이 실습하고 발표하며 열심을 냈다.

군인이라는 꿈으로 날개를 달았다. 무기력했던 대학생에서 꿈 많은 장교 후보생이 되고, 가끔 서럽고 자주 뿌듯했던 장교 생활도 무사히 마쳤다. 지금까지의 인생에서 강렬하고 푸른 기억으로 남은 6년 4개월. 그동안 하고 싶었지만 못해서 아쉬운 세 가지가 있다면!

1. 중대장

드라마 「태양의 후예」를 자세히 보면 송중기 어깨엔 초록색 견장이 있다. 이 견장은 지휘자, 지휘관을 뜻한다. 많은 전투병과 동기들이 소대장으로 시작해 여러 직위를 수행하다 중~대위쯤 되면 중대장을 맡는다. 이 녹색 견장의 무게가 참 무거워 보이면서도 부럽고 멋있었다.

내 군사특기에서는 장군이 되어야 견장을 찰 수 있었기에, 내게는 이 중대장 직위가 멀고도 멀게 느껴졌다. 중대장은 못 해보았지만 후보생 시절 소대장 후보생으로, 또 지금은 민간인 친구들에게 중대장님으로 불리며 원을 풀고 있다.

2. 해외파병

외국어 실력이 조금 모자라 못 가본 해외파병…. 변명이지만 야전에서 생활하며 퇴근하면 지쳐 잠들기 바빴고, 인터넷 강의나 학원에 다니기엔 인프라가 부족했다고 핑계를 대본다. 실은 파병에 가고 싶다는 마음만 있고 노력은 하지 않았다. 그래서 더 아쉽게 느껴지는 경험이다.

특히나 우리 병과는 소수여서 한번 파병을 다녀오기만 하면 그다음부터 기회가 더 많아지는데, 군 생활에서도 인생에서도 특별한 경험을 만들 수 있었을 것 같다.

3. 교관, 훈육관

장교 후보생 시절 여군 훈육관님들을 보며 '나도 멋진 훈육관이 되겠어!' 생각했지만, 중대장과 마찬가지로 훈육관이 되기 어려운 나의 군사특기.

나는 여러 사람에게 영향력을 미칠 수 있는 장교가 되고 싶어 군대에 갔다. 정신교육 교관으로 오랜 시간 지내며 행복했지만, 그럼에도 전투훈련 과목 교관이나, 군인들을 양성하고 훈육하는 교관을 해본 적이 없어 아쉬움이 남는다.

한 가지 길을 선택하면 다른 길을 가지 못한다는 걸 알지만, 그럼에도 군 생활하면서 할 수 있는 건 다 해보고 싶었던 내가 아쉬웠던 것들. 처음부터 군 생활을 시작할 수 있다면, 이 모든 걸 다 알고 있는 상황에서 양성과정부터 돌아갈 수 있다면 난 무엇을 선택할까?

부사관과 장교, 혹은 사관학교와 ROTC, 그리고 학사장교 중에서. 그리고 전투 병과와 행정 병과 중에서. 어떤 것이든 내 의지로만 선택할 수 있었을까 궁금해진다.

여자일까? 군인일까?

나 때 여군 정복의 기본은 스커트였다. ROTC 단복을 입을 때도 특별한 일이 없으면 치마 단복을 입으라고 했다. 그때는 복장 규정이 그러하니 따를 수밖에 없었다. 그러나 주변에 스포츠 관련 학과, 체육 쪽을 전공한 동기들이나 그렇지 않은 동기들도 치마를 꺼리는 사람이 있었고, 하이힐을 신을 땐 걸음도 불편하게 걸었다.

나 역시 후보생이 되기 전엔 대학 수업에 원피스 한 번 입고 간 적 없을 정도로 치마를 잘 안 입었다. 군인이 되려고 하니까 오히려 여성스러워지는 효과…. 여군 후보생 선발 과정에서는 '다리에 흉터가 있어서 불합격한 선배도 있대' 라는 루머도 있었다. 사실이든 아니든 그 배경은 정복을 입으면 다리가 노출된다는 것이다.

그때부터 지금까지 이상하게 느껴진다. 애초에 군인에게 왜 스커트를 입히는 것인지. 거기에 머리 망 핀과 스타킹도 내돈내산으로 장착해야 한다. 머리 망, 스타킹, 심지어 생리대까지 보급인 줄 아는 남군 선배들도 있었다. 이런 걸 보면 같은 조직 구성원임에도 여군에게는 어떤 특별한 것들이 제공된다고 여기는 것 같다.

훈련 성적(임관서열), 부대 발령과 보직, 진급에 있어서도 능력이 아니라 성별이 중요한 요소인 것처럼 여군의 많은 것이 폄하된다.

나는 대대로 발령받은 남군 동기들과는 다르게 소위 때부터 상급 부대인 사단사령부에서 근무하게 됐다. 같은 정훈장교 동기들 중 교육성적이 좋았고 장기 복무를 희망했기에, 부서에서 나를 선택했다고 생각했다. 나중에 알게 된 사실은 원래 가기로 정해졌던 부대의 지휘관이 여군을 못 받겠다고 한 것이다. 때로 이런 차별이 여군은 좋은 부대에서 근무한다는 편견을 만든다.

전투병과 소대장, 중대장도 아니고 장병 정신교육 하는 게 일인 행정 병과 여군 장교가 그렇게 부담이 됐을까. 후에 그 지휘관은 장군이 되어 사단장으로도 근무했다. 여군 소위 한 명도 부담스러워 거절한 사람이 '양성평등'을 강조하는 군 조직에서 어떻게 승승장구했는지 궁금하다.

여군이 훈련과정에서 가장 많이 듣는 말은 "너희는 여자가 아니라 군인이야!"라는 말이다. 어항 속의 물고기나 수면 아래 발을 동동거리는 백조라는 얘기도 자주 들었다. 곰곰이 따져보면 남군에게 "너는 남자가 아니라 군인이야!" 하고 윽박지르는 사람은 없다. 반대로 내게 엄마처럼 누나처럼 따뜻하고 섬세한 리더십을 발휘하라는 상관도 있었고, 또 어떤 상관은 매혹까지 하라고 했다. 여자였다가 남자였다가, 군인인 동시에 엄마이자 누나까지…. 여군에게 바라는 게 왜 이렇게 많은 건지.

첫 부대에 전입해서 2박 3일 GOP 산악행군을 할 때에는 수색부대 남군 하사, 중사들이 내 군장을 대신 메려고 했다. 그때 실랑이를 하며 느꼈다. 이 사람들은 내가 자기들처럼 사격도, 화생방도, 각개전투 훈련도 받은 군인인 걸 모르는구나. 이 사람들에게 나는 여자구나. 힘이 빠졌다.

예하 부대에 정신교육을 다녀오거나 주말에 GOP를 순찰하고 복귀하면, 다른 부대에서 근무하는 동기들에게 연락이 와있었다. 부대의 간부들이 낯선 여군 소위를 보고 소개를 부탁한 거다. 그럴 때마다 단상 앞 정신교육 교관인 내가, 방탄 헬멧을 쓰고 철책선을 걷는 군인인 내 존재가 지워지는 듯했다.

나를 여자로 본 건 남군들만이 아니다. 당시 부서장이었던 여군 중령은 나를 후배나 부서원으로 여긴다기보다 사무실 여직원으로 대했다. 전형적인 옛날 드라마에서 나오는, 손님 오면 커피 타고 과일 깎는 사람으로. 월간 업무를 마감하고 있던 내게 명절 선물로 들어온 과일을 깎아오라고 했던 건 아직도 잊히지 않는다.

그런 날 숙소로 돌아오면 아무 생각도 할 수 없었다. 강원도 오지의 밤은 어찌나 캄캄하고 깊은지 세상에 혼자 남겨진 것 같았다. 내가 이러려고 고단한 훈련과정을 견뎠나? 차라리 사격이건 행군이건 몸이 힘들면 좋을 것 같았다. 가족, 친구, 애인, 그 누구에게도 억울하다고 말할 수 없었다. 내가 선택해 내 발로 걸어들어온 군대였으니까.

나중에는 남군에게도 이 새끼야, 여군에게도 이 새끼야 욕하는 상관들이 고맙게 느껴질 정도로 여군이라서 다른 시선을 많이 받았다. 알게 모르게 차별만큼 특혜도 누렸겠지.

그럼에도 불구하고 나는 여성이면서 군인이기를 포기한 적 없다. 군과 부대가 우선이어서 사생활은 내려놓았었지만, 그것도 내가 감당할 수 있는 만큼이었다. 남군들이 남자와 군인 사이에서 고민하지 않듯, 많은 여군 후배들도 자기 자신으로 군 생활을 했으면 좋겠다.

간부니까 참으라고?

육군 ROTC, 창군 이래 첫 추가모집…초급간부 구인난 심화

https://news.sbs.co.kr/news/endPage.do?news_id=N1007289220&plink=ORI&cooper=NAVER

'곰팡이 숙소' 배정해놓고…군 윗선은 "이해해 달라"

https://news.jtbc.co.kr/article/article.aspx?news_id=NB12141937

군 간부들 지역축제 포토존 운영 대민 지원 논란 일자 없던 일로
https://www.yna.co.kr/view/AKR20230829147751062?input=1195m

이런 기사는 유독 내 눈에만 띄는 줄 알았다. 아무래도 의무복무 기간을 넘겨 6년 4개월이라는 시간 동안 복무했고, 상처받고 슬펐던 기억에도 불구하고 아직 군을 사랑하니까. 나름 군대 나온 사람들을 대표한다고 생각하고 군에 대한 관심이 많으니까.

그런데 아니었나 보다. 단기복무를 했던 ROTC 동기들도 군과 간부 처우 관련한 기사를 보면 꼭 단체카톡방에서 얘기한다. 뉴스를 본 엄마도 내게 간부 숙소에 관해 얘기하신다.

'너도 선배들하고 방 쓸 때 거실에서 자기도 하고 용산인가? 거기서 한 방에 침대 두 개 있었잖아.'

나는 초급장교의 열악한 처우를 야전부대에 가서 깨달았다. 동기들은 OBC(Officer Basic Course:초군반) 때 숙소에서부터 느꼈다고 한다. 전투 병과나 다른 행정 병과 동기들도 최소 4인 1실 숙소를 썼다. 병사들 내무반(이제는 생활관)처럼 8명 이상이 한 방에서 함께 지낸 얘기도 들었다.

훈련병, 대학생도 아니고 나름대로 장교 생활을 시작한 소위인데 이건 한 간부로서, 개인으로서 사생활이 지켜지지 않는 상황이었다. 이래서 군 생활이 프라이버시가 침해된다고 하는 거 아닌가? 동기들 사이에서도 어느 정도의 환상과 사생활이 필요하다고 본다.

간부 처우 중에는 급여, 주거, 복지 등 다양한 분야가 있겠으나 내가 겪은 건 주거 문제가 가장 크다. 초군반 생활 중에는 지휘 실습이라고 교생실습처럼 직책과 임무를 실습하는 기간 일주일이 있다. 그때 여군 선배 둘이 사는 방 두 개짜리 숙소 거실에서 일주일을 보냈다. 겨우 일주일이고, 아직 실습 장교니까 그랬다고 이해했다.

그리고 2~3개월 후에 실제 부대로 발령받아 가는데, 내 숙소는 실습 때 썼던 그 거실이었다. 쓰러져가는 아파트의 거실에서 매트 하나 깔고 살았다. 누워있다가도 선배들이 방문 열고 나올 때마다 깜짝깜짝 놀랐다. 엄마 아빠가 처음 면회 와서 가장 가슴 아파했던 것도 숙소였다. 그래도 곰팡이나 누수 같은 건 없었다. 이후로 거실에서 4~5개월을 더 살고서야 부대는 1인 1실 독신자 숙소를 지었다.

그 이후 강원도 홍천 부대로 발령받았다. 역시 방 두 개짜리 아파트였다. 화랑 아파트는 꼭 나 20년 전에 살던 군인 아파트와 상태가 같았다. 추울 때 춥고 더울 때 더웠던 그곳. 미닫이문으로 겨우 공간을 분리한 주방은 실제 요리가 불가능한 수준으로 좁았다. 세탁기도 없어 전에 살던 간부가 관리실에 놓고 간 중고 세탁기를 사서 썼다.

이런 상태의 아파트마저 모자라서 남군 후배들이나 부사관들은 영내 대기(부대 안에서 생활)하거나 병사들 생활관에서 지내기도 했다. 나는 여군이었으니까 남군 병사들이랑 지낼 수 없어 겨우겨우 숙소를 마련해 준 거다. 그때 기혼 간부들에게 나오는 신축 아파트 상태가 좋아서 결혼하고 싶다는 생각을 많이 했다.

상황은 점입가경이었다. 서울 용산으로 부대를 가니까 2인 1실 숙소를 주었다. 아무리 봐도 1명이 생활할 수 있는 공간에 침대가 2개 붙어있었다.

"언니, 여기는 사랑하는 사람들끼리 살아도 싸우겠다."

숙소 상태를 본 동생이 한 말이다. 룸메이트 운도 안 좋아서 생활습관이 안 좋고 코를 심하게 고는 여군 후배와 같이 쓰게 됐다. 그녀 때문에 잠을 너무 못 잔 나머지 나는 민간 월세방을 알아봐서 나오게 된다. 군에서 숙소를 주긴 줬다. 그러나 룸메이트나 방 상태는 내가 선택할 수 없다.

병력을 인솔하는 전투병과 간부들에게 감정을 이입해 봤

다. 하루 종일 소대원, 중대원과 부대끼고 소령 선배들, 대대장님께 시달리고 집에 돌아왔는데 거기서도 사생활이 지켜지지 않는다면. 나처럼 MBTI가 I라서 혼자만의 시간이 꼭 필요한 사람의 경우 미쳐버릴 것 같다.

급여는 또 어떤가. 2023년 하사, 소위 월급은 170~180만 원 수준이다. 10년 전 내 월급은 더 적었겠지. 대학 등록금 갚고 생활비로 쓰고 여차저차 넉넉하지 않았던 것으로 기억한다. 직업으로 선택해서 군대 간 나 같은 사람 말고 의무복무 때문에 입대하는 남군들은 현타가 많이 왔을 것 같다.

2025년에 병장 월급은 최대 205만원으로 초급간부인 하사, 소위의 월급을 추월한다. 이러니 간부 지원율이 떨어질 수밖에 없다. 부대관리, 병력관리, 훈련… 역량보다 더한 책임을 지우면서 병사들보다 적은 월급을 받고 누가 군 간부를 선택하려 할까.

2023년 3월, 국방부장관은 '초급간부 복무여건 개선 세미나'를 열고 말했다.

"우리 군은 초급간부들의 복무여건을 개선하고 삶의 질을 향상시키기 위해 다양한 노력을 기울이고 있습니다. 특히, 단기복무장려금과 장려수당을 증액하고 하사 호봉 승급액, 초급간부 성과상여금 기준호봉, 당직근무비를 공무원 수준으로 정상화하는 한편, 리모델링과 신축을 통해 간부숙소를 1인 1실로 개선하는 등 가장 시급한 과제를 우선적으로 추진 중에 있습니다."

내가 소위였던 시절도 10년이 지났다. 나는 선배들 숙소 아파트 거실에서 생활을 했고, 남군 동기는 10년 이상 차이 나는 고참 선배들과 지내는 것이 힘들어 밤마다 읍내를 방황했다. 월급을 받으면서도 부모님 도움이 필요했고, 당직 때는 병사들 간식비가 더 나갔다. 그때보다도, 아니 그 이전보다도 얼마나 달라진 게 없으면 간부들조차 '육대전(육군훈련소 대신 전해드립니다)' 같은 창구를 통해 고충을 토로할까. 얼마나 더 지나야 초급간부들의 복무여건이 개선될까.

국가와 국민에 봉사하고 희생하는 게 군인의 삶이라지만, 그렇다고 남들보다 모자라고 열악하게 살 필요는 없다. ROTC 후배나 부사관 지원율이 하락하는 것을 볼 때마다 안타깝다. 우리나라는 휴전국이고 정예화된 군인이 꾸준히 필요하다. 양성과정부터 초급간부, 중견간부, 이후 전역까지 국가에서 보상과 예우를 해주어야 한다.

그녀 이야기(튀김옷과 성가대)

아껴두었던 그녀 이야기를 해야겠다. 입영 훈련을 함께한 나의 전우, 그녀와의 추억은 시트콤처럼 강렬하다.

지금은 안정성 논란으로 전문가들도 딱히 권장하지 않는 베이비파우더. 라때… 그러니까 거의 십 년이 다 돼가는 장교 후보생 시절엔 입영 훈련 꿀템이었다. 겨울이건 여름이건, 빳빳하고 통풍도 잘 안 되는 군복을 입고 땀 흘리며 훈련하는 동안 피부가 쓸리고 아프다. 샤워하고 베이비파우더

뿌리고 취침하면 얼마나 뽀송뽀송하게요?

훈련 기간이 짧게는 2주, 길어도 4주이기 때문에 대부분 베이비파우더도 팩트 타입이나 미니 사이즈를 가지고 온다. 여행도 훈련도 짐은 적어야 제맛. 그래도 다 못 쓰고 남은 채로 집에 가져간다.

그러나 그녀는 정말 갓난아기를 키울법한 집에서 볼 수 있는 대형 파우더를 챙겨왔다. 짐이 무겁지 않냐고? 준비성 철저한 그녀는 천연 소화제 매실액도 챙겨오는 실속 있는 여자이니 군장의 무게 따위 괘념치 말자. 훈련 막바지에 체한 나는 그 매실액의 은혜를 받았다.

어쨌든 그녀는 매일 저녁, 머리부터 발끝까지 베이비파우더를 뿌리고 생활관 바닥에 떨어진 파우더를 야무지게 정리하곤 했다. 원래도 흰 피부가 더 하얘졌다. 함께 생활하던 여군 동기들은 그런 그녀에게 '튀김옷'이라는 별명을 붙여주었다. 가부키를 넘어선 분칠이었다.

그녀는 피부관리뿐만 아니라 말도 잘했다. 개인 정비 시간에 전투화를 닦을 때나, 훈련하지 않는 주말엔 그녀와 많은 얘기를 나눴다. 우리는 장교 후보생인 동시에 여대생들이었다. 연애 얘기를 많이 했다는 뜻이다. 여군 동기 중 한 명이 물었다.

"너희들, 소개팅할 때 혹시 ROTC라고 말해?"

동기 중 대부분은 미리 말한다고(해야 한다고) 했다. 그러나 그녀는 달랐다.

"야, 어차피 알게 될 거 처음부터 말할 필요 뭐 있어?"

그건 소개팅 상대에게 마치 "나 교회에서 성가대야"라고 말하는 것과 같다고 했다. 하긴 그땐 여자 ROTC가 많지도 않았고, 어찌 보면 TMI라고 생각해서 납득했는데, 시간이 지나고 생각해 보니 웃기다.

그래도 졸업하면 군대 가는 건 말해야 되지 않나… 성가대랑은 좀 다르지 않나…?

어쨌든 난 그녀의 얘기가 너무 재밌었다. 그런 그녀의 엉뚱함은 튀김옷과 성가대에서 끝나지 않았다.

그녀의 취미는 (남의) 편지 함께 읽기였다. 엄밀히 말하면 교정교열이라고 해야 하나? 여군 동기들이 애인에게 받은 편지를 함께 읽으며,

"그래도 오빠는 '얘기'를 '예기'로 안 썼네."

"'낳아'와 '나아'를 구분하지 못하는 남자도 있어."

등의 맞춤법과 글씨체를 분석해, 계속 만나도 괜찮은 남자와 헤어져야 하는 남자를 구분해 주곤 했다.

신뢰도가 꽤 높은 검열이었다.

편지왕

예전처럼 돌이킬 수 없다고 하면서도

문득문득 흐뭇함에 젖는 건 왜일까

그대로 그 나름대로 의미가 있어

세상 사람 얘기하듯이 옛 추억이란 아름다운 것

- 유재하, 지난날 中

회사에서 상사분들이 "신주임~ 다시 군대 가고 싶겠어~"

하실 때마다 고개를 저으며 웃지만 생각지도 않은 장면에서 병영의 기억이 떠올라 자꾸 뒤돌아보는 순간이 있다.

본가에서 발굴한 학군단 졸업앨범과 편지들 덕분에 전격 추억여행.

입영훈련 목표는 늘 사격왕이었으나 훈련이 끝나면 수많은 편지만 야무지게 챙겨 돌아왔다. 요즘 후보생들, 군인들도 손편지를 쓰는지 모르겠다. 라때는 부식(간식)보다 편지가 더 기다려지고 그랬지.

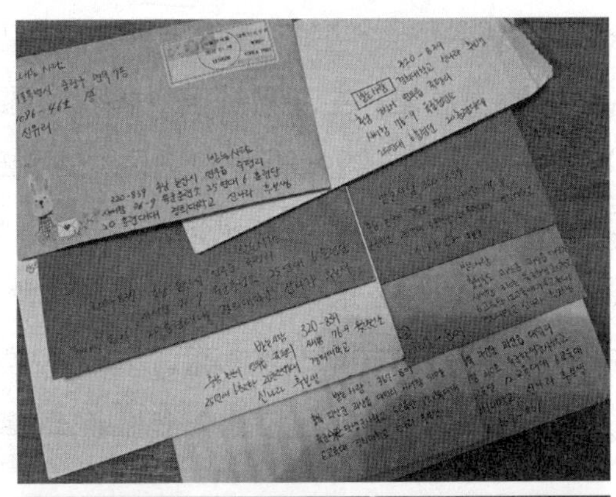

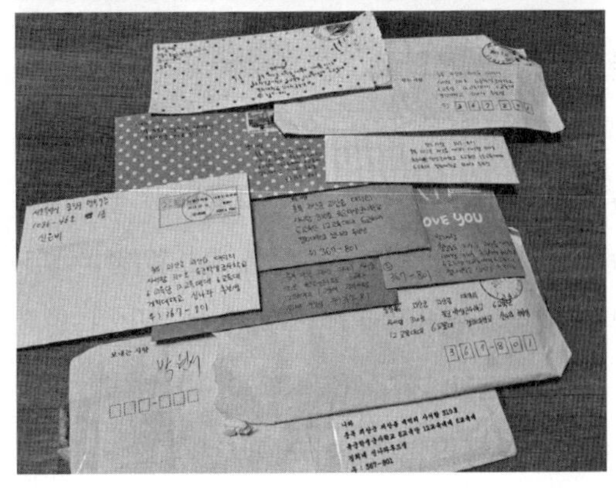

이놈의 인기… 당시엔 감동받았는데 다시 읽어보니 킹받는 내용도 많다. 이제 와서….

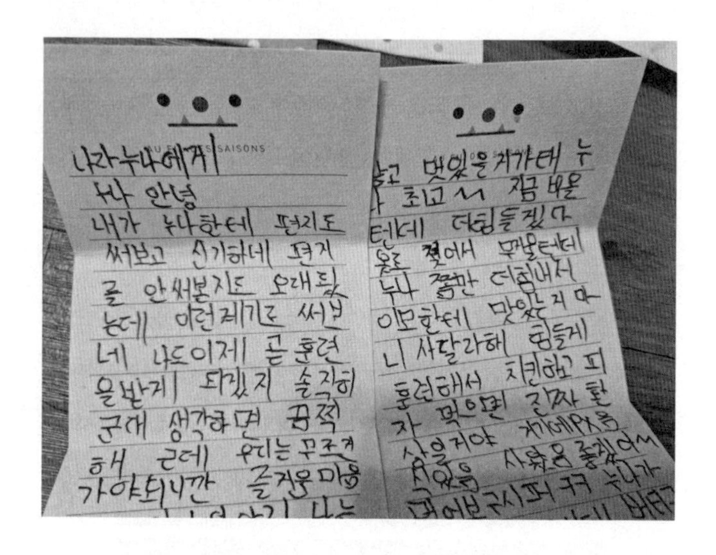
나라누나에게
누나 안녕
내가 누나한테 편지도
써보고 신기하네 편지
를 안써본지도 오래됐
는데 이런계기로 써보
네 나도이제 곧 훈련
을받게 되겠지 솔직히
군대 생각하면 끔찍
해 근데 우리는 무조건
가야되니깐 즐거운마음

텐데 더힘들겠다
옷도 젖어서 무거울텐데
누나 조금만 더힘내서
이모한테 맛있는거 마
니 사달라해 힘들게
훈련해서 치킨하고 피
자 먹으면 진짜 환
상일거야 거기에PX음
식있음 사왔음 좋겠어^^
먹어보구시퍼 ㅋㅋ 누나가

사촌동생 양 모군

'솔직히 군대 생각하면 끔찍해.'

'힘들게 훈련해서 치킨하고 피자 먹으면 진짜 환상일 거야.'

'거기에 PX 음식 있음 사왔음 좋겠어^^ 먹어보구시퍼.'

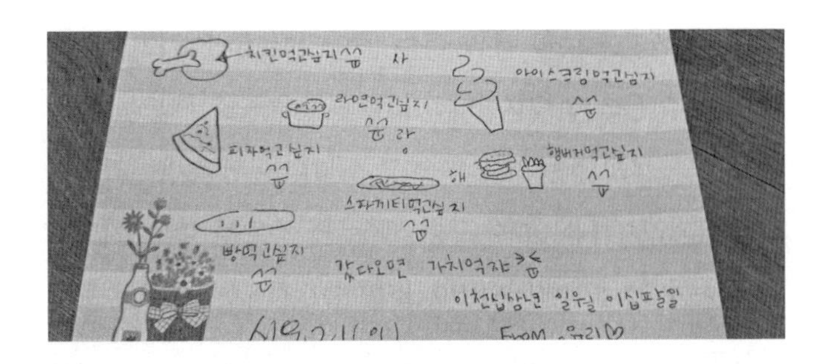
치킨먹고싶지 슙 사
아이스크림먹고싶지 슙
라면먹고싶지 슙 랑
피자먹고싶지 슙
햄버거먹고싶지 슙
해
스파게티먹고싶지 슙
빵먹고싶지 슙
갖다오면 가치먹자 슙
이천십삼년 일월 이십팔일

이것은 위문편지인가 약 올리는 편지인가. 예나 지금이나 여전한 막냇동생.

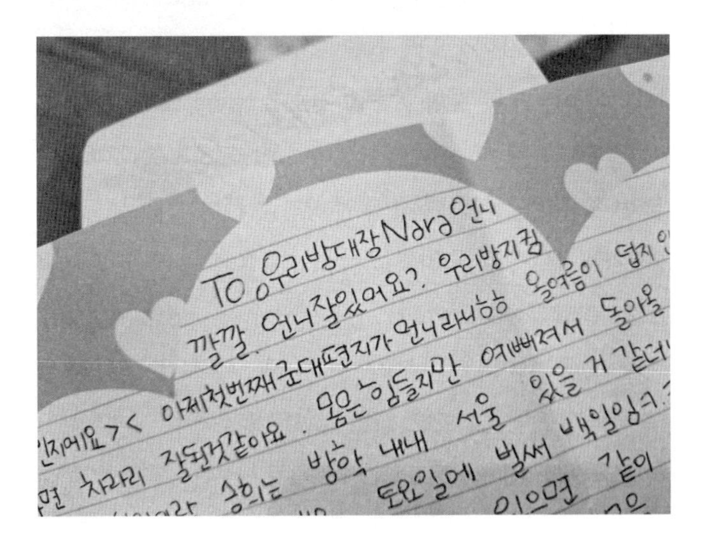
TO 우리방대장 Nara 언니
깔깔 언니잘있어요? 우리방지킴
이제첫번째군대편지가 언니라니ㅎㅎ 올여름이 덥지
몸은 힘들지만 여뻐져서 돌아올
지에요 >< 잘된것같아요. 있을 거 같더
차라리 방학 내내 서울 벌써 백일임ㅋ
승희는 토요일에 같이
있으면

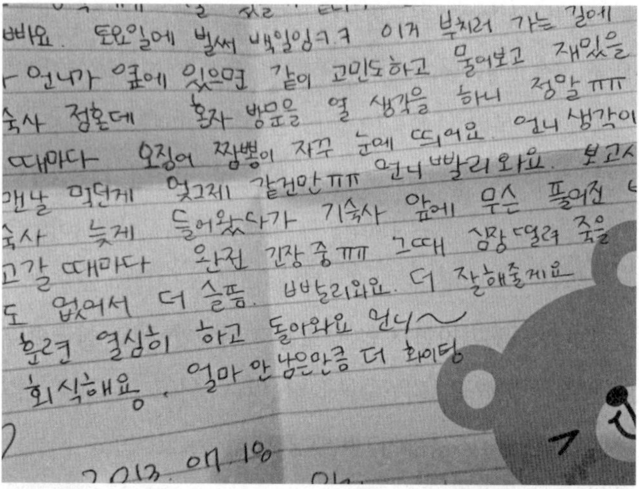

'깔깔'부터 킹받는 기숙사 룸메이트. 나 4학년 때 만난 우리 방 룸메이트 세 명이 신입생이었는데, 이때 제일 재밌게 살았다. 우리 방 지박령(나) 훈련 동안 허전했나 봄.

'빨리 와요. 더 잘해줄게요.'

8월은 개인화기, 9월은 공용화기, 10월은 대대전술 +
종합전술 + 대대종합전술... 특전사 출신이 작전 장교로
구로 만들어놨어. 바ㅏ... 그저 한숨만 나온다...ㅋ 이제
들은 일정이 너무 험난하군... 작년에도 생일에 훈
해도 그럴 것 같아. 올해는 집에서 생일을 보내고
연속 타지에서 생일을 보낸당 ㅠ 너도 훈련 무사히 잘
복귀하렴! 신나라 후보생님, 고생하십시오 필승!

ㅋㅋㅋㅋ. 뉴스에서는 남부지방은 완전 덥다고 열사병 걸리고 난리라네 ㄷㄷㄷ.
면서 건강은 잘 챙기고 있는거지? 더워서 탈수증 걸리는 애들도 많던데
.. 그리고 축 처져서 발목 삐끗하는 경우도 있던데.. 건강 조심
몸이여~ 신나라 소위(진)님의 몸을 지켜야 나라도 산다!!
은 연어유희가 4와버렸닭ㅋㅋㅋ
팅! 7월 한달 수고하십숑! 충성!

슬슬 제대를 앞두고 있던 국문과 전우들의 위문편지까지도 훈훈했으나

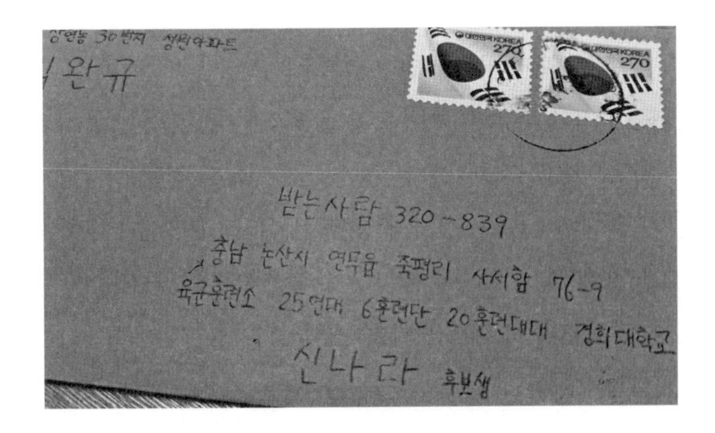

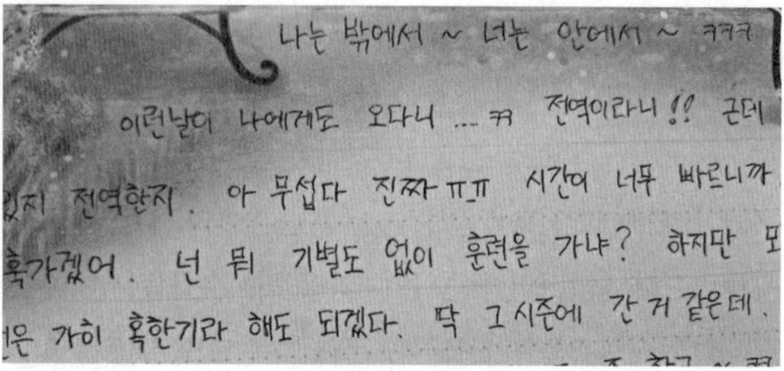

한 줄 한 줄 킹받는 제대군인 편지. 글씨체부터 나타나는 예비역 병장의 여유.

'나는 밖에서~ 너는 안에서~ㅋㅋㅋ'

'이런 날이 나에게도 오다니…ㅋㅋ'

이것은 위문편지인가 일기장인가 친구야…

'넌 뭐 기별도 없이 훈련을 가냐?'

'가히 혹한기라 해도 되겠다. 딱 그 시즌에 간 거 같은데.'

이후로도 그의 폭주는 계속되었다.

똑똑똑

친구야, 넌 좀 두들겨 맞자….

그리고 첫 집체교육 그리고 다음 전화와 카톡으로 격려해 주셔서
정말 감사드립니다. 처음 닥치는 환경에서 제가 누군가를 알고 있다는
사실만으로도 큰 힘이 되었습니다. 교육 도중 선배님을 봤을때는
너무 반가워서 손을 흔들 뻔 한 적도 있었음을 고백합니다.

으로 추가합격 하여 지치회실에서도 선배님을 뵙길 희망하며
니. 선배님의 건강 염원을 끝으로 편지를 끝내겠습니다.
선배님, 화이팅입니다. 충성.

2013/1/27 충성 후보생 송민수 올림 충성

갑자기 분위기 고해성사

군대 간다던 기숙사 동생이 돌연 학군단에 입단… 대학 기숙사를 BOQ(장교 숙소)로 만들었던 우리….

'교육 도중 선배님을 봤을 때는 너무 반가워서 손을 흔들 뻔한 적도 있었음을 고백합니다.'

'충성 후보생 송민수 올림 충성'

거기서의 훈련은 어떠니?
그곳도 바나나라떼나 군데리아가 있니?
[illegible] 힘들지만 너를 응원하는 사람들이 항상
옆에 있다는 것을 잊지말고 힘내서 [illegible]이다.

우리 엄마 한창 「진짜 사나이」 열심히 보셨던 때.

'그곳도 바나나라떼나 군데리아가 있니?'

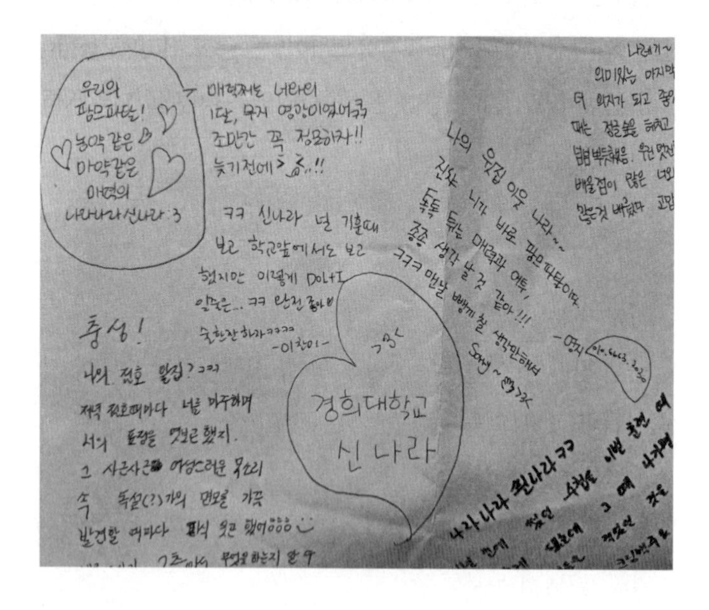

훈련 기간 한 달 동안 같이 지낸 동기들과의 롤링페이퍼.

'야 우리 나가서 꼭 놀아야 돼.'

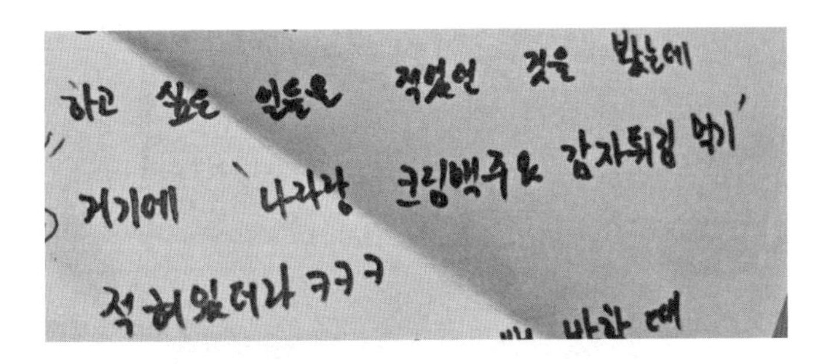

하고 싶은 일들을 적었던 것을 봤는데

거기에 '나라랑 크림맥주& 감자튀김 먹기'

적혀있더라 ㅋㅋㅋ

"나가면 하고 싶은 일들을 적었던 것을 봤는데 거기에 '나라랑 크림맥주 & 감자튀김 먹기' 적혀있더라 ㅋㅋㅋ"

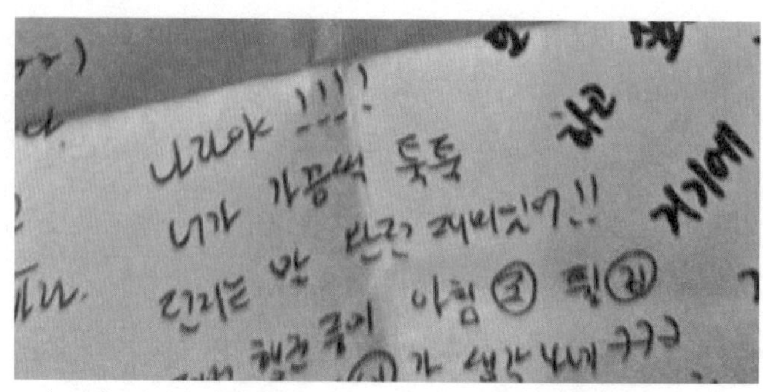
나라야 !!!
니가 가끔씩 툭툭

* 조깅: 아침 '조' 뛸 '깅'

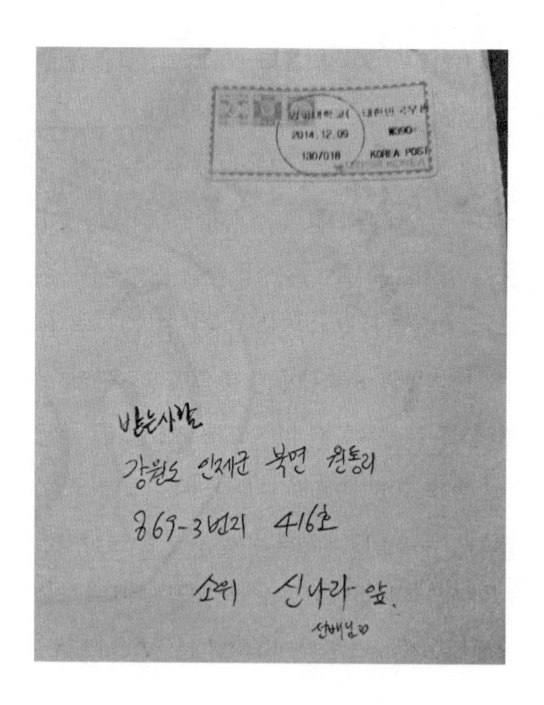
2014. 12. 09
KOREA POST
받는사람
강원도 인제군 북면 원통리
869-3번지 416호
소위 신나라 앞.
선배님♡

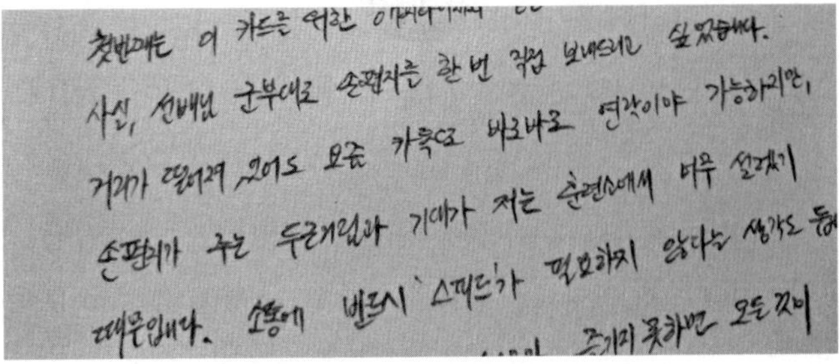
첫번째는 이 카드를 위한 …
사실, 선배님 군부대로 손편지를 한 번 직접 보내드리고 싶었습니다.
거리가 떨어져 있어도 요즘 카톡으로 바로바로 연락이야 가능하지만,
손편지가 주는 두근거림과 기대가 저는 훈련소에서 너무 설렜기
때문입니다. 소통에 반드시 '스피드'가 필요하지 않다는 생각도 들어
… 주지 못하면 모든 것이

마무리는 '원하면 통한다' 원통까지 날아온 고마운 후배 편지

'손편지가 주는 두근거림과 기대가 저는 훈련소에서 너무 설렜기 때문입니다.'

참 많이도 받고 살았다. 그래서 견딜 수 있었나 보다! 손편지 쓰던 아날로그 시절이 그립다.

인터뷰

김세영 前 육군 대위

김세영 前 육군 대위는 2014년 육군 정보통신 병과 소위로 임관해 2020년 전역했다.

우리는 대위 때 마지막 부대에서 만나 친구가 되었는데, 주변 동료들은 우리를 보고 후보생 때부터 친한 사이라고 생각했다. 여군이라는 공통점 외에도 서로를 찰떡같이 이해하는 게 신기했는데, 그녀는 ENFP, 나는 INFP로 성격유형도 비슷했다.

세영과의 인터뷰에서 기억에 남는 단어는 '역할'이다. 현재 그녀는 아내, 엄마, 선생님, 며느리, 딸… 등의 역할을 동시

에 맡고 있다. 현역 때도 전역한 지금도 모든 역할에서 도망치지 않고 묵묵히 거기에 있다. 호시탐탐 도망갈 기회를 노리는 내게 세영은 원더우먼처럼 보인다.

신나라 처음에 전역하고 얼마 안 있다가 바로 학교(세영이는 체육교사로 일한다) 갔잖아. 얼마 정도 쉬었어?

김세영 2020년 6월 30일부로 전역해서 9월 1일부로 학교 가서 일했으니까, 두 달 쉬었지.

신나라 쉬는 동안 어땠어?

김세영 사실은 막막했어. 인생은 한 번뿐이잖아. 한 번뿐인 인생에서 여러 직업을 가져보고 싶다는 마음 반, 전공(체육교육)을 살려보고 싶다는 마음 반으로 전역을 했는데. 막상 전

역하니까 당장 체육 선생님을 할 수 있는 방법이 없는 거야. 기간제 교사로 일하려고 해도 경력이 있어야 하고, 임용고시도 공부해야 하는데 이미 내 역할이 하나가 아니니까. 아기도 있고. 계속 뭘 해야 하나 고민의 시간이었지.

신나라 일하면서 그럴 때 있어? 네가 무슨 행동을 했을 때 주변에서 '아 이 사람 군인 출신이다' 하는 때. 예를 들면 나는 군인일 때 아침 7시 30분에 사무실에 가도 제일 늦은 사람이었는데, 그 시간에 회사에 가면 내가 1등이고 윗분들이 좋게 봐주시는 거? 반대로 내가 안 되는 일 끝까지 하려고 할 때 군인정신 발휘하지 말라고 하실 때가 있어.

김세영 얼마 전에 학생이 크게 다치는 사고가 있었는데, 바로 보건실에 가서 기록 남기라고 했어. 군대도 상황 발생하면 근거 남기고 다음 절차가 있잖아. 그러니까 나도 모르게

"너 보건실 가서 먼저 기록으로 남겨, 이거 본 애들 같이 학생부로 가" 하면서 침착하게 대처하니까 선생님들이 놀라는 거야.

또 내가 말을 할 때 딱딱 끊어서 말하고, 결론부터 얘기할 때. 딱딱한 말투나 눈빛에서 애들이 '선생님, 여기 군대 아니라고' 하더라. 걸을 때도 사람들이 좀 다르대. 담임으로서 애들 데리고 식당을 이동한다든지 자리에 앉혀야 된다든지, 이런 거 소대장이 하는 거잖아 사실.

신나라 너 그러면 애들 데리고 갈 때 병력의 2/3 지점에 위치하는 거 아니야?

김세영 처음엔 그럴 뻔했어. 그리고 애들이 걸어갈 때 발이 안 맞는데, 정말 깜짝 놀란 거야. 줄 맞출 때도 후다닥 와서 딱 서야 되잖아. 근데 느릿느릿 와서 내가 "빨리 안 내려와!"

소리 지르니까 애들은 '저 선생님 성격 되게 급하네' 할 거야. 우리는 늘 부대에서 다른 사무실 갈 때 "누구누구입니다. 들어가도 좋습니까?" "용무가 있어 왔습니다" 했잖아. 그런데 애들은 "아, 선생님~" 이러면서 교무실에 들어와서 처음에 진짜 멘붕. 이게 무슨 상황이지? 선생님들한테 애들 이렇게 들어오냐고 물어보니까 "학생들은 관등성명 대면서 들어오지 않는다"라고 하시더라.

군대에서는 지시를 내리는 사람이 언제, 어디서, 무엇을, 어떻게 하는지 상세하게 얘기하는 스타일이잖아. 난 사회에서도 그런 걸 바란 거야. 그런데 부장 선생님이나 다른 선생님들이 그렇게 안 알려주면 내가 혼란스러워. 입력이 안 돼서 내가 재차 물어봐. 이렇게 이렇게 해서 언제까지 하면 될까요? 이런 식으로. 그러니까 동료 선생님들이 "선생님 진짜 체계적이다" 이렇게 얘기해. 근데 나 P거든. (MBTI) 군대는 P인 사람을 J로 만드는 곳이야.

신나라 난 INFP인데 일할 때 ESTJ로 바뀐다니까?

김세영 나도 ENFP인데 일할 때는 S랑 J로 바뀌어. 군대는 사람을 그렇게 만들어. 그리고 군대는 정말 나한테 이점이 너무 많은 곳이야. 사람을 아주 좋게 바꿔줘. 군대는 제2의 삶을 제대로 살게 해주는 곳. 전역을 하면 어쨌든 다른 조직에 들어가는 거잖아. 거기서 민폐를 끼치면 안 되잖아. 민폐 안 끼치는 법을 배우는 곳인 것 같아. 그래서 군대는 나를 잘 가꿔준 곳. 왜냐하면 규칙적으로 지내고, 자기관리도 많이 해야 되고.

신나라 너랑 나랑은 -NFP들이잖아. 만약에 그런 규칙들을 군에서 안 배우고 나왔으면, 우리도 사회에서 상처받았을 것 같아.

김세영　내가 만약에 다른 병과였으면 전역을 생각했을까? 이런 생각은 해본 적 있어.

신나라　좀 더 오래 근무했을 수도 있었다는 거야?

김세영　입대했을 때 군대 문화에 충격받기에 앞서서 병과에 대한 충격이 너무 컸어. 나는 완전 문과 성향 체대생인데 통신 병과는 이과잖아. 나는 체육교육과인데 강제로 통신 병과에 분류된 거야. 처음에 OBC(Officer Basic Course, 초군반) 교육받으러 갔을 때 난 아무것도 못 알아듣고 '~는 ~이다' 이런 조사밖에 못 알아들었지. 우리 반 애들 두 명 빼고 다 못 알아들었어. 그 두 명은 공대생, 나머지는 다 체대생.

신나라　그래서 통신 병과 아니고 네가 원하는 보병이나 정훈이었으면 좀 더 오래 했을까?

김세영 그랬을 수도 있을 것 같아.

신나라 이 질문을 준비하면서 되게 웃겼는데, 너랑 나랑 퇴역을 선택한 그 이유가 덤앤더머 같아서. 나는 네가 3개월 먼저 전역하니까 네가 예비역으로 전역했으면 나도 예비역 했을 거야. 근데 너는 또 내가 퇴역한다니까 퇴역 선택했다며. 그러고 나서 후회 안 했어?

김세영 후회했어. PX 이용 못 하니까. 나는 예비역이랑 퇴역 고민을 하긴 했어. 시간을 갖고 고민하고 싶은데, 고민할 틈 없이 전역 지원서를 바로 쓰게 했잖아. 친구들 중에는 예비역 선택한 여군들도 있거든. 군 생활이 짧은 시간이지만 한 몸 바치는 시간이잖아. 군대가 고향 같은 느낌이라고 예비역 선택한 친구들이 꽤 있어.
근데 난 중위 때 동원 훈련 담당 업무를 했었는데, 여군이

온다고 하면 한 달 전부터 부대 사람들이 스트레스를 받는 거야. 씻는 거, 자는 거, 근무도 따로 편성해야 하지. 여군 예비군이 온다고 하면 부대 소요가 너무 클 거라고 생각해서 민폐일 수도 있겠다는 생각이 드는 거야. 만약 전쟁이 터졌는데, 퇴역이면 못 들어가나? 내가 희망하면?

신나라 그럼 의용군으로 갈 수 있지.

김세영 전쟁이 나면 그렇게라도 할 수 있는데 훈련은 사실 민폐를 많이 끼칠 거라고 생각했지. 그럼에도 만약 네가 예비역 한다고 했으면 나도 예비역 했을 건데.

신나라 나는 진짜 안타까운 게 전역할 때 차라리 퇴역, 예비역 선택 안 하게 하고, 우리 다 간부 출신이니까 예비역으로 전역하라고 했으면 그랬을 거잖아. 그랬으면 예비군 훈련

부대에 대한 걱정도 안 했을 거고. 사실 우리가 걱정할 건 아닌데.

김세영 난 군대 간 건 후회하지 않고, 전역한 것도 후회하지 않아. 만약에 내가 인생을 처음부터 다시 살 수 있는데 군대 간 기억이 있다? 군대는 다시 갈 것 같아. 왜냐하면 배우는 게 너무 많아. 우리가 마지막에 전역을 3개월 다르게 했지만, 어쨌든 동기랑 같이 전역한 거잖아. 같은 부대에서. 그게 큰 의미가 있는 것 같아. 의지도 되고. 혼자 전역했으면 뭔가 이상했을 것 같아.

신나라 이제 마지막 질문을 향해 달려가고 있어. 왜 체육교육과 잘 다니다가 학군단에 들어간 거야?

김세영 나는 약간 팔랑귀고, 부모님 말을 안 듣는 듯 잘 듣는

타입인데, 아빠가 옛날에 사관학교를 들어가고 싶었대. 근데 눈이 안 좋아서 못 갔대. 아빠가 지나가듯이 "세영이가 군인 하면 참 좋겠다"라는 소리를 듣고 자랐는데, 당시에는 "내가 군대를 왜 가?" 마인드였어. 살짝 기억에 있는 상태였는데 마침 우리 학교에 학군단 창설이 된 거지. 그래서 알아봤는데 너무 멋있는 거야. 군에 대한 로망이 있던 거지.
선배들이 제복 입고 각 맞춰 다니는 게 희열이 느껴지더라고. 나랑 잘 맞을 것 같다는 생각에 아빠한테 물어보니까 지원해 보라고 해서 고민 없이 지원했던 것 같아. 아무나 경험할 수 없으니까. 그리고 내가 여중-여고-여대를 나왔는데, 나중에 사회생활 할 때 남자가 섞인 조직에서 일하려면 한 번쯤은 중요한 기회라고 생각했어. 그래서 군대 갔지. 우리 아빠가 전역한 건 되게 많이 아쉬워해.

신나라 우리 아빠도 그래. 내가 아빠보다 일찍 전역했잖아.

나는 그게 조금 불효라고 생각하고 있어. 내가 2~3년만 더 있으면 아빠랑 같이 전역할 수 있었는데, 그것조차 안됐으니까. 그런데 사실은 지금 너무 행복하지.

김세영 나는 어차피 전역할 거 왜 단기복무 안 했지? 이런 생각은 한 적 없고. 대위까지 잘 있다가 전역한 덕을 많이 봤어. 초임장교를 지나서 위관장교로서 할 수 있는 건 다 하고 온 것 같아. 그걸 바탕으로 다른 데서 써먹을 게 진짜 많고.

신나라 군 경력이 사회에서 좋으면 좋았지, 마이너스가 되는 게 하나도 없어.

김세영 나 이런 얘기도 들었다? 임용고시 준비하고 생각이 오락가락할 때 학교에 ROTC 선배인 수학 선생님께서 "선생님, 선생님은 아직 25살(군대 가기 전 나이)이니까 두려워하

지 말고, 도전하면 못할 게 없어요"라고 하시는 거야.

신나라 진짜 좋은 분이시다. 나도 비슷한 경험 있어. 얼마 전에 회사에서 퇴직연금 가입하라고 해서 가입했는데, 내 나이에서 6살 빠지는 거야. 왜 뺐냐면 남직원들은 군 경력을 입력하잖아? 그러면 퇴직하는 나이가 늘어나. 그래서 나보다 어린 사원이랑 퇴직하는 나이가 같게 나오더라고.

김세영 그래서 군대 다녀온 이점이 진짜 많아.

우리가 이야기를 나누는 동안 세영의 딸 혜슬이 함께했다. 군 생활을 하며 내 한 몸 돌보기도 바쁘고 고단했는데, 세영이는 거기에 다른 역할까지 감당하고 있었다.
평소에는 친구로만 만나다가 엄마로서의 세영을 처음 봤다. 짧은 시간이지만 "오늘 공동육아를 한 소감이 어때?" 묻는

세영에게 대단하다는 말밖에 안 나왔다. 아이의 식사를 챙기며 나와 대화하고, 순간순간 훈육하는 모습에서 존경심을 느꼈다. 세영과 함께한 장병들, 학생들도 나와 비슷한 생각일 것이다.

서로의 군 생활을 마무리하는 시절에 곁에 있어서, 위로와 힘이 될 수 있어서 감사했다. 우여곡절 많았던 6년 4개월이 세영을 만난 것 하나로 다 괜찮아졌을 만큼.

Chapter 4

그 선을 넘지 마오

창백한 눈송이들

전혜진의 소설 「창백한 눈송이들」은 성폭력[12] 으로 자살한 여군의 이야기다. 공군 하사로 첫 부대에 전입한 '유진'은

12 '성폭력'이라는 단어는 성을 매개로 상대방의 의사에 반해 이뤄지는 모든 가해행위로 성희롱, 성추행, 성폭행을 모두 포괄한다.(네이버 시사상식사전) 2020년 군 성폭력 피해자는 여군 하사, 중사 및 군무원이 가장 많았으며, 그다음이 대위, 중위, 소위 순이다. 임관 5년 차 미만 초급 간부들에게 피해가 집중되는 것으로 나타났다.(軍 성폭력 피해자, 女 하사·중사가 가장 많았다. http://news.kmib.co.kr/article/view.asp?arcid=0015971101&code=61111911&cp=nv)

단발머리의 장교를 보고 같은 여군으로서 반가움을 느낀다. 하지만 그 장교는 3년 전 성폭력으로 자살한 '김 소위'였고, 음력 1월 16일 '귀신날'[13] 김 소위와 죽은 여군들이 부대를 찾아온다.

> 군복을 입은 여자들이, 마치 저 활주로에서 솟아나기라도 하는 것처럼 하나씩 둘씩 고개를 들며 일어났다. 누군가는 근무복을, 누군가는 전투복을, 또 누군가는 구형 전투복을, 누군가는 치마 정복을, 그렇게 군복을 입은 여자들이 하나씩, 하나씩 일어나 고개를 들었다. 쏟아지는 달빛 아래, 저 하늘에 뜬 달보다도 더 희고 창백한 얼굴을 하고.
>
> – 「창백한 눈송이들」

한 번도 안 해본 얘기지만, 나 역시 숱하게 성폭력에 노출되어 있었다. 민간인 친구들에게는 군대의 이미지를 위해 얘기 안 했다. 가족들이나 여군 동기, 선후배에게 말하면 속상할까 봐 얘기하지 못했다. 그러고도 지금까지 생각한다. 컨디션이 좋지 않은 날이나 신경 곤두서는 날엔 한 번씩 그

---

13 귀신날: 음력 1월 16일, 한국의 세시풍속 중 하나로 이날 일을 하거나 바깥출입을 하면 귀신이 따른다고 믿고 집에서 쉬면서 액운을 막기 위한 풍습을 행하였다. – 귀신날 호러 단편선 『귀신이 오는 밤』

일들이 떠오른다.

성희롱·성추행 몇 번 당한 것으로 성폭력이라고 하기엔 오버하는 거 아닌가 싶지만, 가해자들 당시 계급은 대령·소령·대위 등으로 내 군 생활에 직·간접적 불이익을 줄 수 있는 사람들이었다. 부사단장, 부서장, 같은 부서 선배 등으로 직속상관이 많았다. 위력으로 느껴졌고, 도움을 청할 곳이 없었다.

상관모욕, 명예훼손 사건 당시 부사단장은 사단장을 대리해 사건을 수습하고 이후 절차를 도모하는 책임이 있었다. 나는 법무부, 감찰부, 기무부대, 병영생활상담관… 여러 부서와 사람을 오가며 지칠 대로 지친 상태였다.

그 와중에 부사단장은 나를 자주 호출했다. 처음에는 사건의 해결을 위해서인 줄 알고 기대감을 가지고 갔다. 하지만 부사단장실을 나올 때마다 의문이 들었다. 사건은 뒷전이고 차 마시며 시답잖은 얘기나 했다. 시간이 흐르며 옆 부서 여군 후배까지 불러 자주 셋이 차를 마셨다. 이상했다. 술 따른 것도 아닌데 기분이 더러웠다.

지금은 안다. 대령이 여군 소위, 중위들 데리고 노닥거리는 게 좋았던 거다. 문밖을 나서는 우리를 양쪽으로 안았을 때, 딸들 같아서 그랬다고 했지만 당한 사람은 안다. 그건 전우로서, 부모로서의 포옹이 아닌 성추행이었다는걸.

소위 때는 가족도 친구도 없는 타지에서 부서 동료들과 오랜 시간을 보냈다. 가족들과 떨어져 사는 선배 장교가 후배들에게 밥도 술도 잘 사줬다. 배울 점이 많다고 생각해서 나도 선배를 잘 따랐다. 어느 저녁에 선배가 나를 불렀다. 본인 동기인 기무 반장과 술 마시는 자리였다. 기무 반장이 내 ROTC 선배라며 그에게 과일을 먹여주라고 했다. 곤란했다. 사적으로 친하고 격의 없다고 해도 선배는 공적으로 나를 평가하는 관리자였다.

하지만 그럴 때마다 유진은 애써 생각했다. 박 중사는 친절한 사람이라고. 학교 선배이자 일을 잘 가르쳐 주는 사수이고, 무엇보다도 자신에게 잘 해 주는 박 중사가 정말 나쁜 뜻으로 하는 말은 아닐 거라고. 아니, 정말로 그렇게 생각할 만큼 멍청한 건 아니다.

–「창백한 눈송이들」

중위 때는 1년여를 같이 근무한 부서장이 옆 부대로 전출가며 늦은 밤 나를 불렀다. 그 사람은 간부 숙소에 가족들이 있던 사람이고, 나도 가까운 부대에 아빠가 있었다. 그러면서 그동안 내게 서운한 점을 말했다. 왜 부서장실에 들어오면서 문을 열어 두냐고, 본인이 나를 어떻게 할까 봐 그랬냐면서. 황당했다.

하도 성폭력이 자주 일어나니까 군에서 내려온 지침이 여군과 남군 단둘이 있을 때는 사무실 문을 개방하라는 거였다. 단둘이 차도 타지 못하게 했다. 나는 상대방을 위해서였는데, 대체 어느 장단에 맞춰야 되는지 알 수가 없었다.

성폭력 사건이 일어나면 많은 사람은 피해자를 탓한다. 그러니까 거기 왜 나갔어, 왜 여지를 줬어, 왜 그 시간까지 거기 있었어…. 내가 그걸 몰랐을까? 피해자가 그걸 몰랐을까?

당장 내일 출근해서 얼굴을 봐야 되는 사람인데, 내 평정과 인사권을 가지고 있는 사람인데, 내가 일을 배울 수 있는 사람인데, 앞으로 군 생활에 도움이 될 사람인데…. 그 사람이 불렀을 때 안 갈 수 있었을까?

"그런데 말이야, 그런 일을 신고하고 보고하고, 그러면 이 군이라는 조직은, 피해자를 정말 죽을 만큼 괴롭히고 못살게 군다. 잔뜩 못살게 군 뒤에, 회유를 해. 저 사람이 우리 군에 얼마나 중요한 사람이냐. 이런 일로 군복을 벗게 하기에는 너무 아까운 사람이다, 저 사람도 진급을 해야 하지 않느냐 하면서. 웃기는 이야기지. 그러면 피해자는. 피해자는 중요한 사람도, 아까운 사람도 아니니까 참으라는 소리나 다름없는데."

– 「창백한 눈송이들」

상관모욕, 명예훼손 사건의 가해자가 되면서 "재는 건드리면 안 돼"라는 평판이 돌고, 장기 복무를 포기하면서 아쉬운 게 없어지고, 대위로 진급하면서 짬이 높아지니까 나를 성적으로 괴롭히는 선임들이 줄어들었다.

사람들은 여자가 군대에 가면 병사들이 희롱할 거라 생각하고 걱정한다. 실제로 그런 일을 당한 여군들도 있다. 하지만 여군 부사관의 경우 선임 부사관들, 여군 장교는 선배 장교들이 가해자의 대부분이다. 군사 법정에 섰을 때 내 사건 빼고는 모두 여군이 피해자인 성폭력 사건이었다. 내게 협조적이어서 좋게 보았던 남군 부사관이 본인 후배 여군에게는 성희롱 가해자였다.

나를 불러내고 함께 차든 술이든 마시고, 여자로 보았던 선배들도 누군가에겐 괜찮은 장교였을 거다. 그래서 피해자들은 말을 못 한다. 그리고 여군이어서 더더욱 말을 못 한다. 본인이 선택한 길에서 넘어질 수 없어서, 아프다고 할 수 없어서 차라리 죽음을 택한다.

여군 소위는 스물셋, 넷, 하사는 빠르면 스무 살에도 입대한다. 군 생활이 첫 사회생활이 되는 셈이다. 또 직업으로 선택했기에 우수한 평정을 받고 표창을 받고 장기 복무가 되기를 희망한다. 나를 도와주는 선임, 선배가 있으면 어떻게든 동아줄로 잡고 가고 싶다.

그들의 절박한 희망을 볼모로 잡아 성적으로, 그리고 가스라이팅으로 괴롭히고 죽음까지 이르게 하는 사람들이 생각보다 많다. 오죽하면 여군의 적은 아군 남자라는 말이 있을까. 짧지 않은 군생활 동안 썩은 동아줄이 도처에 널려있었다.

달빛이 사라지자, 활주로 위의 여자들은 움직임을 멈추었다. 구름이 눈을 흩뿌리기 시작했다. 그 눈에 닿을 때마다 여자들 하나하나가 마치 눈송이처럼 녹아내렸다. 유진은 그 눈을 맞으며 울었다. 그들 하나하나가 바로 자신이고 자신의 친구들 같았다. 아주 오래전부터 알던 사람들 같았다.

— 「창백한 눈송이들」

그 선을 넘지 마오

사람들 사이에 섬이 있다

그 섬에 가고 싶다

정현종 시인의 '섬'이라는 시다. 이 시를 내 식대로 바꿔보았다.

사람들 사이에 선이 있다

그 선을 안 넘고 싶다

군대건 사회에 있건 다른 사람에게 선 긋는 일은 어려운 일이다. 글을 쓰면서도 최소한의 선을 그어둔다. 나의 단호함이 유쾌하다는 사람도 있고 냉정하다며 상처받는 사람도 있다. 사람 사이의 기준이 너무나도 다양해서 어렵다.

몇 해 전 친구와 함께 간 라오스 여행에서 한국인 가이드는 부인이 라오스 사람이라고 했다. 다들 '그런가보다~' 하고 넘어갔는데 마지막 날 가이드가 우리에게 서운하다고 했다.

"제가 와이프랑 어떻게 만났는지 궁금하지도 않아요? 왜 아무도 안 물어보지?"

"실례일까 봐요!"

"맞아 맞아!"

가이드는 실례가 아니라며 와이프와 만난 얘기부터 결혼 얘기, 가족계획 등을 브리핑했다. 덕분에 드라마 한 편을 본 것 같았지만, 굳이 남의 얘기를 먼저 캐내고 싶은 마음은 잘 들지 않는다.

나는 잘 모르는 사람이 연애사나 가족 얘기, 주말에 뭐 했는지 이런 걸 물으면 불편하기 때문이다. 연예인도 아니고 그렇게 대단한 사생활이 있는 것도 아닌데 그렇다. 나는 남의 TMI도 싫고, 내 얘기가 TMI가 되는 것도 싫다.

소위, 중위 때까지만 해도 모두에게 답변해야 하는 줄 알았다. 그렇지만 군 생활 5년이 넘어가며 꼭 모두에게 답해야 되는 건 아니라는 걸 알았다.

선 긋기가 어려운 건 선을 넘는 사람 때문이다. 선을 넘지 않는 사람에게는 선 그을 필요가 없다. 밤 열 시 이후엔 전화를 하지 않는다거나, 공적인 자리에서 사적인 얘기를 하지 않는 등의 예의를 서로 비슷한 수준으로 생각하면 불편할 일이 없다.

그렇지만 군에서는 말 그대로 군 '생활'을 하다 보니 이 생활이 공과 사를 넘나든다. 병사들은 24시간 부대 안에서 생활하고, 간부들도 가족과 보내는 시간보다 부대에서 부대원들과 보내는 시간이 더 길다. 그 안에서 사적인 자아를 주장하기가 쉽지 않다.

한 사무실에서 근무하거나 함께 당직근무를 하며 얘기를 많이 해서 친밀감을 가지고 라포(rapport)가 형성되어 있는 관계에서는 나를 많이 노출했다. 서로의 노력과 오랜 시간이 주는 안전함을 느꼈다. 어떤 병사들과는 가족사, 연애사를 줄줄 풀어낼 수 있는 반면, 병사든 간부든 그러고 싶지 않은 사람도 있었다.

당직근무 때 친하지도 않은 선배 장교가 "남자친구는 뭐 하는 사람이야?" 물었다. "프라이버시라 대답 안 하겠습니다"라고 말해도 집요하게 굴었다. "군인? 직장인? 학생?" 그 때 옆에 있던 당직병 왈 "요즘엔 이런 거 물어보시면 안 되는데…."

선배 장교가 자리를 비우고 우리끼리 있을 땐 젤리 먹으면서 연애 얘기 겁나 했다. 그동안 함께 밤을 새웠던 오랜 시간이 있었기 때문이다.

그 후로는 다른 말보다 "노코멘트"로 대답한다. 그 주제에 관해서 언급하지 않겠다는 답변이다. 공보 업무에서 배운 말을 개인적으로도 자주 써먹었다. 대답하지 않는 것도 대답이다. 연예인도 아닌데 그동안 너무 많은 답을 성실히 해왔다는 생각이 들었다. 전화도 다 받고…. 완전 24시 콜센터였다.

학군단 선발시험을 준비하면서 우리 과 학군단 선배가 전화번호를 가르쳐 주었다. 그러면서 "밤 열 시 이후는 취침시간이라 연락이 안 된다!"라고 말한 게 되게 산뜻한 기억으로 남아있다.

이 산뜻한 선 긋기를 내 생활에도 적용하고 싶었는데 잘 안됐다. 첫 근무지가 전방 사단이었던 연유로 내 휴대폰은 24시간 대기 상태였다. 퇴근 후에도 주말에도 비상소집을 몇 번 경험하고 나니 연락에 민감해졌다.

소위 때는 퇴근하고 숙소에 있으면 밤 11시, 12시에도 전방에서 근무하는 중대장 선배들에게 전화가 오곤 했다. 그땐 당연히 적극적으로 도와줘야 한다고 생각해서 연락을 받았는데, 지금 생각해 보면 다음 날 낮에 연락해도 될 사소한 일이었다. 그때는 처음이니까 중요한 일인지 아닌지 판단하기가 어려웠다.

정말 삐삐 세대가 부러웠다. 당시에는 병사들이 부대에서 휴대폰을 사용할 수 없어 간부들이 휴대폰 사용하는 걸 부러워했는데, 나는 간부들도 휴대폰이 없으면 좋겠다고 생각했다. 다음 부대로 이동하면서 나는 밤 10시 이후로 휴대폰 방해금지 모드를 사용하게 된다.

곰곰이 생각해 보니, 나는 선을 넘는 행동과 사람에 대해 엄격하고 냉정하다는 걸 느낀다. 가족이나 친한 친구들과도 조심스럽게 얘기할 부분을 침범하는 사람들이 꽤 있다. 본인의 일과 내 일을 구분하지 못하는 사람이 웃기고 불편하다.

대학 1, 2학년 때 수업에 잘 출석하지 않고 학교를 배회하는 내게 한 동기가 했던 말이 기억난다.

"나라야, 너 취업은 어떻게 하려고 그래?"

그때나 지금이나 따로 연락하지 않는 사이고, 서로의 인생에 영향을 주고받은 게 하나도 없다. 진심으로 나를 걱정했든 아니든 남의 문제를 자기 문제처럼 가져다 걱정하고, 그걸 굳이 입 밖으로 내는 것도 선을 넘는 행동인 것 같다.

전역을 얼마 앞두고서도 "제대하면 뭐 할 거냐?" "취업자리 알아봤냐?" "결혼은 안 하냐?"라고 물어보는 사람들은 꼭 친하지도 않은 사람들이었다. 내 미래를 너무 걱정하시기에 취업 자리도, 결혼 상대도 좀 알아봐달라고 했다. 그러니 금세 잠잠해졌다.

모 대대장은 성인지 교육을 하면서 사고에는 피해자의 책임도 있다고 했다. 가해자가 선을 넘을 때 피해자가 "그만하십시오, 여기까지입니다"라고 선을 그어줘야 한댔다. 말도 안 되는 얘기다. 어떤 상황이건 선 넘는 사람이 없으면 선을 그어야 되는 일도 안 생긴다. 역시 그런 말을 한 사람답게 그분은 늘 선을 넘었다.

무례한 사람들이 싫어서 선을 그어두면 그 선을 의식하는 건 내게 가깝고 소중한 사람들이다. 군 생활 후유증으로 불쑥불쑥 전화 진동소리가 싫다고 했더니 조심스럽게 통화 괜찮냐고 물어보는 사람들은 다 가까운 사람들이다. 그럴 때마다 마음이 안 좋다.

나 역시 군 생활을 하며 관리 혹은 관심이라는 이름으로 선을 넘은 적이 많았을 것 같다. 후배들이나 병사의 이성관계, 전역 후 진로 등에 주제넘게 상관한 일도 있었을 거다. 혹은 너무 냉정하게 대해서 저 사람이 나를 싫어하나? 미워하나? 라는 생각도 들었을 것 같다. 내가 들으면 싫을 것 같은 질문과 얘기를 남에게 안 하려고 하다 보니까 거리를 둔 것도 있다.

군 생활의 장점이자 단점이었다. 전우애가 무지 가족 같고 끈끈한데 왠지 숨 막히네? 숨 막힌데 든든하네? 순간순간 오락가락하는 마음… 선을 지키는 일도 선을 긋는 일도 어렵다.

꽃이 되는 여군들

여군은 눈에 띈다. 유명세나 인기를 얻으려고 선택한 직업이 아닌데도, 주변에서 늘 과도하게 관심을 가진다. 꽃 같다는 말, 화려하고 향기 난다는 칭찬이지만 여군에게 '꽃'이라는 말은 글쎄. 여군은 오히려 꽃길을 버리고 흙길, 자갈길을 걷기로 선택한 사람들인데 말이다. 그럼에도 나 때까지 여군은 늘 부대의 꽃이었다.

나는 부대의 MC, 기자, 선생님과 같은 역할을 하는 정훈장교였기 때문에 사람들 앞에 나설 일이 많았다. 그러나 문화행사 기획자, 정신교육 교관 말고도 여군이기에 얼굴을 비추게 되는 자리도 있다.

시작은 장교 후보생 때부터였다. ROTC에 입단하자마자 후배들을 모집하기 위한 홍보활동을 했다. 칼바람 부는 3월, 캠퍼스 이곳저곳에 부스를 차려두고 선배들과 서 있으면 뻘쭘하고 무섭다. 남자 후보생들은 40명이서 교대하느라 자기 근무 시간이 꽤 천천히 돌아온다면, 달랑 네 명뿐인 여자 후보생들은 퐁당퐁당 당직처럼 거의 매일 홍보활동을 했다.

남녀공학인 우리 학교는 여학생들 모집에 열을 올렸고, 스커트 단복 입고 몇 시간씩 서 있으면서 춥고 피곤했다. 동문회 행사 있는 날엔 꼭 여자 후보생들 한 명씩 끼워서 가야 했고. 훈련이나 단체 기합보다 첫 기수 여자 후보생으로서 얼굴도장 찍고 불려 다니는 게 힘들었다. 난 꽃 같은 여자 후보생이 아니라 소대장 후보생, 대대장 후보생 이런 게 되고 싶었다.

부대에 근무할 때도 여군들은 행사에 많이 동원된다. 지휘관 이·취임식, 부대개방행사처럼 외부인들이 많이 오는 행사엔 주로 여군들이 안내와 의전을 맡았다. 문제는 우리 부대 행사여도 다른 부대의 전투병과 여군 부사관들까지 차출

한다는 거였다. 이럴 때 여군들은 주변 남군들에게 오해를 받는다. 눈에 띄는 일, 편한 일, 티 나는 일만 한다는 거다. 실상 행사가 끝나고 나서 남는 건 제쳐두고 온, 그새 더 쌓인 업무뿐이다. 이 업무들을 대신해줄 사람은 없다.

여단본부에 근무했을 땐 4개 부대를 합쳐도 여군 장교가 나 하나였다. 기계화부대여서 그랬는지 여군이 근무하는 게 생소했던 선배 장교들은 내게 안 해도 될 말이나 행동을 했다. 아직도 기억에 남는 건 "정훈장교가 와서 사무실이 화사해졌다"란 말이었다.

물론 꽃이 잘못은 없다. 하지만 사랑하는 존재를 꽃으로 볼 때 의미가 그 자체로 예쁘고 소중하다는 것이라면, 여군을 꽃에 비유하는 건 꺾어서 꽃병에 꽂아둔, 구색을 맞추기 위해 필요한 수동적인 존재로 비유하는 것 같아 때로 서글펐다. 꽃을 무지무지 좋아하는 나인데도.

여군 선배들은 우리에게 잡초가 돼야 한다고 했지만, 나의 모토는 잡초가 아니었다. 전투화 신고 흙길 걷는 것도 고단한데, 스스로 잡초라고 생각하면 너무 삭막할 것 같았다. 어느 날 들은 노래의 가사가 군 생활을 돌아봤을 때 너무 와닿았다. 불꽃도 꽃이었어!

발버둥 치는 연기를 봐

그게 나야 내 20대를 너에게 다 태웠죠

가까이 가면 다칠 거야

나는 불 내 마음속은 이미 전부 탔어

여전히 너는 나에게 꽃

내 깊은 곳 안에 춤을 추다 사라져

– 한요한 「불꽃」

스물두 살 장교 후보생으로 시작해 서른 살 대위로 전역하기까지 내 20대를 다 불태운 군 생활. 내 인생에 뜨거운 불꽃 같고 푸른 들꽃 같은 시절로 오래 기억하고 싶다.

커피 한잔할래요?

간부로서도, 여군으로서도 내가 생각하는 나의 경쟁력 중 하나는 커피였다. 커피 마시고 싶을 때 PX 가서 사줬으면 사줬지, 병사들한테 커피 타 달라고 하지 않았다. 요즘 세상에 이게 뭐 대단한 일이냐고 하겠지만, 나 때는 후배한테도 병사들한테도 커피 타오라는 선배님들 많았다.

한편 나는 타오라고 하지 않아도 커피 잘 타는 여군이었다. 양성평등을 엄격하게 규정하고 위반할 땐 무거운 처벌을 받는 군에서 부하 여군에게 커피 타오라는 건 금기에 가깝다.

"커피 한 잔 드립니까?" 했을 때 손사래 치는 사람도 있었다. 그래도 난 내 돈 안 쓰고 크게 생색낼 수 있는 커피 타는 일이 좋았다.

"여군 장교가 직접 타 드리는 커피입니다."

"고급 인력이 타 드리는 커피입니다" 하면서 선배 장교들을 당황하게 하는 재미도 쏠쏠했다.

커피 한 잔은 도와달라는 말, 돕겠다는 말을 대신할 때도 있다. 아빠와 같은 사단에 근무했을 때, 아빠는 "왜 요즘 소대장들은 커피 타 달라고 안 하지?" 물으셨다. 아빠와 계급 차, 세대 차이가 느껴지는 질문이었다. 젊은 소대장들의 입장과 더 가까운 난 "우리 세대는 그게 실례라고 생각해요"라고 답했지만, 아빠는 퍽 섭섭해했다.

"커피 한 잔 주십시오" 하면서 다가오는 장교에게 기분 나빠하는 부사관들은 없다고 했다. 커피 한 잔 마시며 사는 얘기도 하고, 업무에 도움을 요청할 수도 있다고. 그때부터 나도 나이 많은 부사관들에게 "담당관님~ 커피 한 잔 마시러 왔어요" 하며 여러 부대와 부서를 활개 치고 다녔다. 건방지고 무례하게 느껴질까 봐 조심스러울 때도 있었지만, 커피 한 잔의 힘은 얼마나 대단한지 한두 번 만난 사이에도 업무할 때 협조를 구하기가 쉬웠다.

훈련이 많은 부대에 근무할 땐 매번 훈련에 지원 나오는 다른 부대 선배에게 내가 커피 마실 때마다 똑같이 한 잔씩 드렸다. 내가 커피 마시고 싶으면 다른 사람도 마시고 싶을 것 같아서. 특히 쌀쌀한 날 야외훈련할 때 식후 커피는 얼마나 소중한지. 어쨌든 선배는 감동하며 훈련이 끝나고 소개팅을 주선하겠다는 약속까지 했다.

요즘도 커피를 마실 때면 군대에서 커피를 마시던 숱한 날들이 떠오른다. 장교 후보생 시절, 입영훈련 때 불침번을 서며 등산 컵에 몰래 마시던 커피. 사무실 막내였던 소위 때 병사들이 알려준 믹스커피 맛있게 타는 법.

야외기동훈련을 나가서는 텐트 안에 난로 위 주전자로 물을 끓여 커피를 마셨다. 그 안에 대추차가 끓고 있으면 대추차 커피. 밤샘 당직근무 후에는 병영식당에서 아침을 먹는 대신 우유를 넣어 마신 부드러운 라떼, 우리 과 행정병들이 카페모카라며 핫초코 미떼와 맥심 믹스커피를 섞어 만들어 준 맛있는 커피.

커피가 있어서, 함께 커피 마시는 시간이 있어서, 찐하게 달달하게 살았다.

멧돼지님 입영하셨습니다?!

2016년 중위 시절, 강원도 홍천 산골 부대에서 당직사령[14] 근무를 서던 때였다. 전방에서 군 생활을 시작한 난 이제 웬만한 상황이 생겨도 침착하게 대처할 수 있다는 자신감이 있었다.

새벽에 혼자 부대 순찰을 하는 것도, 상급부대에서 오는

14 당직사령: 야간에 지휘관을 대리하여 부대 인원, 훈련 등의 관리 책임을 지는 임무.

전화도 무섭지 않았다. GOP 사단에서 밤샘 근무를 서며 단련된 배짱이었다.

이런 내게도 긴장되는 순간이 있다면, 아침 일찍 출근하시는 지휘관께 근무 동안 있었던 일들을 보고드릴 때다. 5분~10분도 안 되는 그 짧은 시간에 지난밤 사이 당직근무를 충실히 했는지 안 했는지 티가 나기 때문이다. 간밤에 환자가 있었는지, 야간훈련이 잘 끝났는지, 오늘 날씨가 작전에 미치는 영향은 어떤지 등을 말씀드린다.

날이 밝아오고 여단장님께서 출근하시는 시간쯤 되면 위병소에서 오는 무전에 귀를 기울이게 되었다.

위병소 근무 병사들은 무전을 통해 "화학장교, 도보로 입영[15]하였음", "통신대장, 자차로 입영하였음"처럼 부대에 출입하는 사람을 지휘통제실로 보고한다.

그날도 지휘관께서 입영하셨다는 무전을 받고, 상황 보고를 무사히 마쳤다. 이제 임무를 교대하고 집에 갈 일만 남았는데…. 피곤함과 후련함이 남은 지휘통제실에 지지직- 다급한 무전 소리가 울렸다.

"지통실(지휘통제실), 지통실! 여기는 위병소! 멧돼지 한 마

15 입영: 병영 내로 들어옴.

리 도보로 입영하였음!"

간만에 식은땀이 흘렀다. GOP에서 지프차만 한 멧돼지를 본 기억이 떠올랐다. 그때만 해도 위병소 근무자들이 수동으로 낮은 바리케이드를 여닫았고, 출근 시간이라 살짝 열린 입구 사이로 작은 멧돼지 한 마리가 뛰어 들어오자 병사들은 다급히 보고한 것이다. 당황한 나와 근무자들이 우왕좌왕하는 동안 멧돼지는 부대 뒷산으로 사라졌는데, 짧은 몇 분이 몇 시간 같았다.

다행히 병영식당에서 아침 식사를 마치고 우르르 나오는 병사들을 보고 놀란 멧돼지가 도망갔지만, 만약 공격적인 멧돼지였다면 어떤 상황이 일어났을지 아직도 간담이 서늘하다. 그날 이후 당직을 피하고 싶은 이유가 하나 더 생겼고…. 내 근무 땐 제발 야생동물이 출현하지 않기를 기도하게 됐다. 돌아보니 그것 역시 야전의 매력이고, 추억이지만!

인터뷰

주민경 前 해군 대위

우리는 2019년에 처음 만났다.

당시 나는 육군 대위로 국군재정관리단에 있었고, 민경은 그해 해군 소위로 같은 부대에 발령받았다. 부서가 달라 자주 교류하진 못했지만, 항상 '민경이 밥 사줘야 하는데…' 생각을 했다. 천안함 피격사건이 내 입대에 결정적인 영향을 주어서일까? 전역을 앞두고 오랜만에 만난 소위여서일까? 여군이 많은 부대였지만, 유독 해군 후배 민경이에게 마음이 갔다.

주민경 前 해군 대위는 2019년 해군 재정 병과 소위로 임관

해 2023년 전역했다. 국군재정관리단, 해군본부, 청해부대(파병), 진해기지사령부처럼 국내외 다양한 부대에서 근무했다. 전역 후 하고 싶은 일을 탐구하며 일상을 즐기는 민경을 다시 만났다.

신나라　4남매 중 둘째로 알고 있다. 어떤 계기로 군인이 된 건지 궁금하다.

주민경　형제가 많았고, 부모님께서 '주말은 가족과 함께'를 강조하시며 여행도 자주 다녔다. 서로 더 양보하고, 서로 덜 가지는 것을 배우며 자연스럽게 단체생활에 익숙해져 있었다. 그런데 여대에 입학하며 개인주의적인 분위기를 느꼈다. 혼자 선택하고 책임진다는 중압감이 컸다. 룸메이트가 있어도 밥을 따로 먹었고, 동아리나 학회를 적극적으로 하지도 않아서 외롭다는 생각이 많이 들었다.

우리 대학 앞에 육군사관학교가 있었는데, 생도들이 동기들과 함께 밥 먹고 생활하며 같은 꿈을 향해 가는 모습을 보고 매력적이라고 느꼈다. 그래서 군대를 생각하게 되었다.
또 가정환경과 사회의 영향이 컸다. 부모님이 맞벌이를 하셨는데, 그 와중에도 4남매가 안전하고 바르게 자랄 수 있었던 건 우리 사회 시스템 덕분이라고 여겨졌다. 그 도움을 어떻게 사회에 환원할 수 있을까 고민하고 군인을 선택했다.

신나라 육사를 보고 군인을 꿈꿨는데, 해군에 간 이유가 있는지?

주민경 대학교 2학년 때, 막연히 군에 가야겠다는 생각을 하고 있었다. 우연히 초등학교 남자 동창과 연락이 닿았는데, 그 친구가 해군사관학교 생도였다. 생도 제복을 입고 만났

는데, 그 모습이 멋있었다. 그때부터 해군에도 관심이 갔고, 선발시험은 육·해·공군을 모두 응시했다. 주변에서 육군 입대에 대한 우려와 반대가 있었고, 공군과 해군 중 입대일이 빠른 해군을 선택했다.

신나라 장교 후보생 생활 중에 기억에 남는 일은?

주민경 후보생 양성과정은 해병대 다음으로 해군이 빡세다고 알고 있다. 먼저 뒷머리를 다 밀렸다. 육군에서 여군 장교 후보생은 단발도 가능하다고 들었다. 해군은 웬만한 남자 스포츠머리 수준으로 밀었다. 남군 동기들 말로 "입교 다음 날 눈을 떴는데, 여군 동기들이 다 퇴소했다" 하더라.
3월에 입교를 했는데, 그때도 바다는 차갑다. 그래도 당연히 들어간다. 수영은 체계적으로 배우는 게 아니라 생존 수영을 배운다. 수영이 있는 주간에는 정신을 못 차렸다. 후보생

이전에 수영을 배웠었는데, 오히려 후보생 생활을 하면서 물에 대한 트라우마가 생겨서 수영을 잘 못하게 됐다.
높은 다이빙대에서 물로 뛰어내리는 훈련이 있다. 안전장치 하나 없이 뛰어내리고 헤엄쳐서 나오는 이 훈련이 정말 무서웠다. 레펠이나 유격훈련보다 더 힘든 훈련이 이 이함훈련[16] 이다. 한 주간 하루에 6번씩 뛰어내려도 익숙해지지 않는 공포다.

신나라 해군에서 힘들었던 점이 있다면 어떤 건지?

주민경 오늘날 우리 사회와 군이 겪고 있는 문제겠지만, 내가 경험했던 해군은 유독 서로를 존중하고 존중받는 일에 어려움을 겪고 있다는 생각을 했다.

16 이함훈련: 함정에서 바다로 신속하게 탈출해 다른 함정으로 이동하는 상황을 가정한 다이빙 훈련.

함정 근무의 특성상 계급 간의 위계가 명확하고 계층 간의 구분이 철저하다. 개인 생활공간의 구분은 모호하지만, 장교·부사관·병사 계층 간의 근무 공간, 생활공간은 분리돼있다. 출항을 하면 하루 세끼를 모두 함정에서 해결하는데, 행사 때를 제외하면 전 계층이 모여 식사를 하는 일은 상상하기 어렵다.

이런 이유로 계층끼리 서로 다른 생각들로 업무를 하고 그 결과는 결국 계층 간의 오해로 이어진다. 이런 상황들은 결국 계층 간 갈등을 넘어 개인이 'One Team'으로 존중받지 못한다고 생각하게 만들었다.

특히 해군의 역사에서 함정에 여군이 승선하는 일은 얼마 되지 않았다. 이러한 해군의 역사는 오늘날 우리 사회가 갖고 있는 젠더 문제들을 아직 직면해 보지도 못했다는 생각도 들게 했다. 여군으로서 특별한 계층으로 분류돼 차별받는 동시에 남성성을 강요받는 이중적인 상황들을 한 조직의

일원이라는 이유로 마땅히 삼켜내야 했다.

함정에서 수많은 계층 속에 여전히 '여군'으로 분류돼있는 것 같아 아쉬웠고, 때때로 그 분류가 스스로에겐 넘지 못할 벽으로 느껴졌다. 결국 그 벽을 깨지 못할 것 같아 전역을 결심하게 됐다.

스스로는 한계를 느꼈지만, 오늘도 앞서 나가고 있는 여군들의 담대하고 씩씩한 모습들을 보며 우리 해군에도 건강한 젠더 역사가 형성될 것이라 믿어 의심치 않는다.

여러 가지 아쉬움으로 해군을 떠났지만, 오늘도 해군을 위해 고군분투하는 노력들이 모여 하루빨리 우리 해군이 내 전우들을 동료로 존중하며 언젠가 우리 국민들에게 온전히 존중받기를 응원한다.

신나라 전역하고 사회에 나오니 어떤지?

주민경 세상 사람들이 너무나 다양한 방식으로 자아를 실현하고 있다는 것이 신기했다. 그게 직업이 될 수도 있고, 꿈일 수도 있다.

전역을 계획하면서 '군무원 시험 볼까?' 생각한 적도 잠시 있었는데, 그 순간 우물 안의 개구리가 되었다고 느꼈다. 그렇게 답답하게 느꼈던 군대인데, 익숙하고 편안하다는 이유로 다시 돌아갈 생각을 했다.

어렸을 때는 서커스 단원이 꿈이었던 적도 있는데, 현실적으로 꿈이 작아진 걸 보며 슬펐다. 전역을 하면 본격적으로 뭘 하고 싶은지 찾아 나서야겠다고 생각했다.

지금은 출퇴근을 안 하니까 피곤하지가 않다. 하고 싶은 일이 많아서 하루 종일 밖에 있을 때도 있다. 운동도 다니고 요즘 취미인 승마도 하고 하루가 짧다.

민경과 이야기하며 보낸 시간 속에서 나는 느꼈다. 군 생활

동안 그녀는 무엇보다 자기 자신이 되고자 했다. 험한 바다와 더 험했던 사람들 속에서도 민경은 타인을 존중하는 태도와 긍정적인 관점을 포기하지 않았다. 사회를 위해 자신이 할 수 있는 일을 고민하며 군을 선택했던 그녀의 신념도 놀랍다. 만약 군인이 아니었다면 수녀도 생각했었다고 한다.

우리는 모두 뜻이 있어 군에 입대했다. 자신이든, 가족이든, 사회를 위해서든 어쨌거나 나를 헌신하고 희생하는 조직에 몸을 던졌다. 그리고 군인으로 오래 지내고자 했다. 하지만 때로는 조직이, 사람이, 환경이 우리를 차별하고 멸시하는 것을 경험했고, 그걸 참을 수 없어서 전역을 했다.

짧지 않은 시간 몸담아 애정이 있는 조직을 떠나면서 슬픔보다는 후련함을 느꼈다. 그곳은 아직 내가 나로서 존재하며 근무하기에는 어려움이 많았기 때문이다. 민경의 말처럼 내 태도와 취향을 지키며 살아가기엔 장애물이 많은 곳이었다.

그럼에도 불구하고 우리는 여전히 군을 사랑한다. 그래서

자꾸자꾸 군대 얘기를 한다. 웃기고 좋은 얘기, 힘들고 아쉬웠던 일들을. 다시 하면 다르게 할 수 있고 더 잘할 수 있다는 얘기를.

Chapter 5

내 인생의 전우가 되어줘서 고맙습니다

사람들은 너도 훈련했냐고 물었다

"나라야, 너도 사격해봤어? 혹한기 훈련 해봤어? 화생방도 해봤어?"

민간인 여자친구들뿐만 아니라 병사로 군대 다녀온 남자친구들도 자주 묻는 말이다. 왜 물어볼까? 아마 여군이었고, 행정 병과 장교로 복무해서인지 군사훈련과 거리가 멀다고 생각할 수도 있겠다. 평소에 활동적이거나 운동을 좋아하지 않고, 오히려 허약체질이라 "이런 애도 훈련을 했다고?" 의심이 되는 것일 수도. 하지만 나는 대학교 3학년 기초군사훈련을 시작으로 각종 훈련을 받기도, 시키기도 한 여자다. 중위 때는 전차 타고 야지를 누볐고, 사격이나 행군 통제, 예비군 훈련에서도 교관을 했었다.

ROTC 후보생들은 대학교 3, 4학년 방학을 이용해 군사훈련을 받는다. 입영훈련은 종강과 떼놓을 수 없는 1+1 행사였다. 하지만 은근히 기다려지는 게 입영훈련이다. 논산 육군훈련소에서, 괴산 학생군사학교에서 전국의 후보생들이 함께 훈련을 받는다. 같은 학교 동기들끼리랑은 학기 내내 함께 군사학 수업을 듣는다면, '입영훈련 때는 어떤 동기들을 만날까?' 하는 설렘이 있었다. ROCC[17] 도 이때 많이 생긴다. 하지만 나 때를 마지막으로 이젠 같은 학교 동기들끼리 훈련받는다고 한다.

장교 후보생 1년 차 때는 '군인화'라고 하여 병사들의 기초군사훈련과 같은 과정을 받는다. 2년 차 때는 주로 야전부대 소대장이 되기 위한 훈련을 받는다. 2년 동안 총 12주의 훈련을 수료하고 통과해야 무사히 임관할 수 있었다. 사격, 제식, 경계, 수류탄, 지뢰, 각개전투, 구급법, 독도법, 화생방,

---

17 ROCC: ROTC 커플을 지칭하는 말로, 여성 후보생이 선발되면서 만들어진 용어다.

분대전투, 행군 등 셀 수 없이 많은 훈련이 있다.

오늘의 꿀은 내일의 독이며

오늘의 독은 내일의 꿀.

오르막이 있으면 내리막이 반드시 있다.

– 2012. 1. 13. 2주간의 기초군사훈련을 마치며

훈련을 받는 2주~4주의 기간 동안 대부분의 남군 동기들은 살이 빠지는 반면, 여군들은 살이 찌기 쉽다. 평소 대학생활을 하며 불규칙하게 생활하고, 세 끼를 다 먹지 않는데 훈련소에서는 규칙적인 생활과 삼시 세끼, 거기에 부식(간식)까지 보급되니 아무리 힘든 훈련을 받아도 오히려 건강해지는 것이다. 그래서 우리는 식사량도 통제받은 적 있다. 여군 선배이기도 한 훈육관님들은 "여군 후보생들은 훈련이 편해서 살찐다"라는 소리를 듣기 싫어했다.

내가 사격 한 발 더 쏘는 것도 중요하지만, 잘 교육시켜 소대원들 한 발씩 더 맞춰 30발 더 쏘게 하는 것이 더 좋다는 것. 병사들은 내가 "열중쉬어, 쉬어" 안 해주면 차렷만 하고 있다가 쓰러진다는 것.

– 2013. 7. 10. 하계 입영훈련에서 배운 것

소위, 중위 때 근무한 을지부대에서는 훈련이 거의 없었다. 왜냐? 실제 상황이 발생하는 전방부대였기 때문이다. 사무실에서 일을 하다가 경보음이 울리면 모든 업무를 중단하고, 대비태세에 들어갔다. 아직도 잊히지 않는 것은 2015년에 있었던 '비무장지대(DMZ) 목함지뢰 도발'과 '820 완전작전'이다.

2015년 8월 20일 오후 3시 52분과 4시 12분, 북한은 두 차례에 걸쳐 화력 도발을 감행했다. 우리 군은 자위권 차원에서 군사분계선(MDL) 북방 500여m 지점에 K55A1 자주포 29발을 발사했다. 국군의 확고하고 단호한 대응 의지를 보여줌으로써 북한은 먼저 고위급 회담을 제의했고, 약 보름 전 일어났던 비무장지대(DMZ) 목함지뢰 도발에 대해서도 유감을 표명했다.(출처 국방일보)

당시 남자친구와 약속한 휴가 기간이었는데, 너무나 큰 사건이 가로막았던 일로, 아직도 기억에 남는다. 북한의 도발로 며칠 동안 퇴근을 하지 못하고 부서원들과 함께 컵라면, 찐 감자, 옥수수를 먹으며 사무실에서 지냈다. 방송차를 타고 각 부대에 촬영 다녔고, 사단장 훈시문을 쓰거나 진중 속보를 제작하며 전쟁이 나면 이렇겠구나 생각을 많이 했다.

전방부대에서 2년 정도 이렇게 근무하면서 배짱이 늘고 또 순발력도 길렀다.

이후 예비부대이면서 기계화보병부대라 훈련이 많은 화랑부대로 전입했다. 부대에 가자마자 여단전투단 평가훈련, 혹한기훈련, 호국훈련 등 일 년이 훈련 스케줄로 빡빡했다. 내게 훈련이 더 부담되었던 이유는 따로 있다. 부대에 장교가 모자랐던 연유로 나는 정보장교나 작전장교 같은 역할을 하나 더 맡아야 했다. 행정 병과에, 여군이었던 내게 전투훈련 임무를 맡기신 지휘관이 원망스럽기도 했지만, 한편으로는 감사하기도 했다. 후보생 때처럼 교범을 읽고, 여러 통신장비와 육군전술정보지휘체계를 공부하며 훈련을 준비했다. 병사들 사격훈련에는 통제 간부로, 유격훈련에는 촬영팀으로 따라가서 땀을 흘렸다. 혹한기 훈련 때 정신전력교육을 하는 사진을 보니까 흰 설상 위장복을 입은 모습이 꼭 종교인 같아서 웃음도 나왔다.

훈련이란 훈련은 홍천에서 다하고 몸은 힘들었지만, 좋은 선·후배와 동료들 만나 일도 인생도 많이 배웠다.

후에 대위로 진급하고 또 서울로 이동하면서 교육과 견학 업무를 맡았는데, 이때 야전부대원들을 만나면 함께 풀 썰이 많았다. 강원도 인제에서, 홍천에서 근무했다고 하면 고

생했겠다고 알아봐 주는 사람들도 있었다.

당시에는 너무 힘들고 부담이 되어 도망치고 싶었는데, 지나고 보니까 스스로 병과의 한계와 성별의 한계 같은 걸 넘어설 수 있었다. 또 훈련을 하면서 느꼈던 전우애와 협동심이 사회에 나온 지금까지도 큰 자산으로 여겨진다. 이래 봬도 나 야전군 출신인 여자야~

제대한 후 사회인이 된 걸 느낄 때

군 생활은 신고로 시작해 신고로 끝난다. 새로운 부대에 전입할 때, 진급할 때, 훈련을 시작할 때와 끝나고 복귀했을 때…. 부대의 교육훈련과 군인 인사이동은 명(명령)에 의한 것이고, 시간이 걸리더라도 '신고'라는 의식을 치른다.

그렇게 따지면 내 군 생활은 시작은 했으나 끝나지 않았다. 코로나19가 심각했을 때 부대에 들어가지 못하고 전역 신고 없이 군 복무를 마치게 된 것이다. 이건 뭐 자퇴도 아니고 국방부 명령인데 전역장, 신고 사진 하나 남는 게 없어 허무함이 컸다. 그래서인지 지금도 내가 현역인지 민간인인지 헷갈릴 때가 있다. 20대의 전부를 군과 군대 문화 속에서 보내며 가랑비에 옷 젖듯 익숙하고 편해졌다.

대표적으로는 아직도 '다'나 '까'체와 24시 시간 표현을 쓰는 것. 다나까 대신 '요'자를 쓰거나 공칠 시 대신 오전 7시, 십구 시 대신 오후 7시로 표현하려면 의식적으로 노력해야 할 정도다.

불편한 건 아닌데 난 아직 다나까 씀

제대군인 4년 차 前 육군 대위

존댓말 요 쓰는 거 너무 간지러워요

너무 달달한 느낌

제대군인 2년 차 前 공군 대위

그럼에도 문득문득 나 전역했구나, 이제 군인 아니고 사회인이구나 실감하는 순간이 있다면…

1. 인사

회사 생활을 시작하며 상사나 동료 직원들 만나면 제일 처음으로 어려웠던 게 인사다. 전역하고 사회에 나오면 어색한 게 많을 거라고 예상은 했지만, 그중에 인사가 있을 줄은 몰랐다. 장교 후보생 때부터 대위로 생활하는 동안 고개를 숙인 적이 없다. 군인은 아무리 높은 상급자를 만나도 고개 숙여 인사하지 않고 눈을 마주 보며 경례를 한다. 또 악수를 할 때도 허리를 굽히거나 두 손으로 악수하지 않고 한 손으로 악수해야 한다.

근 10년 정도 내게 인사는 경례였어서, 회사에서 마주치는 분들께 오른손으로 거수경례를 할 뻔한 적이 많다. 사실 내가 제대군인인 걸 아는 남직원들은 가끔 나한테 경례도 하신다.

"신 주임님, 최전방 대위 출신이라는 소문이 사실입니까?"

2. 명함

회사 다니면서 지금도 새삼스러운 건 명함 주고받는 거다. 명함 없었을 때는 어떻게 인사하고 다녔나 싶다. 군인은 기본적으로 명함이 없다. 부대를 대표하거나 외부인을 많이 만나는 군인들, 드물게 주임원사나 정훈장교가 명함이 있는 것도 보긴 봤다. 전투복이든 근무복이든 명찰과 계급, 공무원증이 있어서 신분이 증명되지만, 업무할 때 기자들이나 출판사 직원의 명함을 받으면 가끔 손이 민망할 때가 있었다. 요즘엔 인사와 동시에 명함을 주고받는다. 명함 예절도 숙지하고 명함 지갑에도 욕심을 낸다.

3. 당직, 훈련, 작전

당직근무일이 다가오면 늘 마음의 준비와 위로가 필요했다. 그래서 군 생활 10년, 20년이 넘게 하신 분들도 당일 당직은 안 바꿔주시더라. 소위 때는 밤을 새워도 괜찮았는데, 한 해 한 해 지나면서 체력이 떨어지는 걸 느꼈다.

중령, 대령 계급도 당직근무가 있다. 전역을 준비하면서 아쉬운 점도 있었지만, 기대됐던 건 당직과 훈련이 없는 생활이었다. 매일 퇴근하면서 생각한다.

'이렇게 집에 가도 되는 건가… 이상한데….'

그렇지만 회사에도 눈이 오면 제설은 있다. 이젠 제설 '작전'이 아니라 '작업'이지만. 부대에서 별별 작전과 훈련, 밤샘에 익숙해져서인지 회사에서 어렵고 번거로운 일이 생기더라도 퇴근이 있다는 것에 감사하다.

또 군 생활을 할 때에는 위수지역[18] 이 있어서 휴가가 아닌 이상 지역 이동이 자유롭지 않았다. 휴가 갈 때도 행선지를 보고하고 갔다. 지금은 퇴근해서든 주말이든 어딜 가도 보고하지 않아도 된다. 이런 게 신기하고 자유롭게 느껴진다.

그러나 여전히 숫자를 포병식으로 말한다거나(하나 둘 삼 넷), 군과 관련된 단어를 너무 많이 쓰는 것(헌병 할 때 '헌'이요?) 같은 전직 군인 후유증이 있다. 또 남자친구들, 사촌 남동생들과는 무슨 얘기를 하든지 군대 얘기로 끝난다. 직장 상사분들은 계급 때문에 내 뒤로 300명의 병사들이 보이는 것 같으시다고….

이러다가는 제대한 지 5년, 10년이 지나서도 계속 라때 얘기만 할 것 같아서 이젠 잊기로 다짐하지만, 주위에서 잘 안 도와준다. 나도 싫지만은 않고, 또 아직 아버지도 전직 군인이시기 때문에 벗어날 수도 없다. 그냥 군대 나온 여자로 사회에 적응하는 수밖에….

---

18 위수지역: 부대가 질서와 안전을 유지하려고 장기간 머무르면서 경비하는 지역(네이버 국어사전)

내 인생의 전우들

나는 군대만이 가지고 있는 그런 운명적 공동체 분위기가 좋았다. 군에서는 부하든 상사든 서로 믿고 의지하지 않으면 안 된다. 현실적으로는 늘 그런 믿음이 있는 건 아니지만, 적어도 그게 군 조직의 기본원칙이다. 서로에게 기대고 서로에게 자기 생활을 맡긴다는 게 군 조직의 특성이다. 비록 한 시기지만 일상의 희로애락을 함께 할 수 있다는 건 군이 맺어 준 특별한 인연이라고 나는 생각한다.

– 피우진 『여군은 초콜릿을 좋아하지 않는다』

전우의 사전적 의미는 '전장(戰場)에서 승리를 위해 생활과 전투를 함께하는 동료'다. 6·25전쟁 휴전이 약 70년이 넘은 시점에서 전쟁을 직접 경험하진 않았지만, 군에서 만난 동료 중 전우로 오래 기억되는 사람들이 있다. 함께 근무했던 선·후배 장교, 부사관, 병사, 군무원 및 근무원 동료들도 있고, 꼭 같은 부대에서 근무하지 않았어도 군에서 인연이 닿았거나 아직도 군에 대한 애정으로 만나는 여러 사람까지.

사실 내가 군인이 되기 전엔, 전역 후에도 군대 동기들과 만나는 남자친구들이 신기했다. "2년 동안 지긋지긋하게 봤지 않나?" 근데 매일매일 보니까 미운 정 고운 정 다 들어서 또 보고 싶더라. 군인이 되고 나서는 때마다 주말이나 연휴에 부대에 방문하시는 전우회 분들이 부담스러웠는데, 지금의 내 마음은 누가 가입시켜주지 않아도 절로 을지 전우회, 화랑 전우회 일원이다. 학군단 시절엔 단복을 입고 대중교통을 타면 "자네는 몇 기인가?" 말을 걸어오는 분들이 꼭 계셨다. 나 역시도 대학가에서 학군단 후배들을 보면 너무 반가워서 말 걸고 싶은 것을 겨우 참는다. 전우란 무엇인가.

전우라는 단어에 나를 살린 사람, 나를 살게 한 사람들의 얼굴이 떠오른다. 가장 먼저는 첫 부대에서 함께 근무한 병사들이다. 같은 사단에 발령받은 동기들은 각자 부대로 흩어지고, 내 동료이자 친구가 되어줬던 우리 부서 병사들. 실제로 나이 차이도 얼마 나지 않았다. 병장들은 나보다 한두 살 어렸고, 운전병들은 거의 동갑이었다. 월간 소식지 마감을 한다고 때마다 야근하고, 주말에도 출근시킨 게 아직도 고맙고 미안한 마음으로 남아있다.

후에 선배 장교가 "네가 하는 일이 뭐 있다고" 나를 질책할 때 "제가 다 화가 납니다"라고 대신 억울해하고, 일하고 있던 내게 과일을 깎으라고 했을 때 본인이 대신 깎겠다고, 하던 일을 하라고 한 것도 같은 부서 병사들이다. 상관모욕, 명예훼손 가해자가 되었을 때 조금의 망설임 없이 탄원서를 써주고 내 편이 되어줬다. 나 하나쯤 출근하지 않아도 별일 없겠지 하면서 나쁜 마음을 먹었을 때 생각난 건 같이 근무하는 태준, 창현, 락원, 지훙의 얼굴이었다.

가장 오래 근무했던 홍천에서 내게 힘이 되어줬던 건 여군 부사관 동료들이다. 당시 나는 부대의 유일한 여군 장교였고, 이미 여군 부사관들이 열 명 정도 근무하고 있었다. 부대장님께서는 내게 여군 고충상담관 임무를 맡기셨지만, 내가 그들에게 더 의지했다. 남자친구와 헤어졌을 때, 남들 다 하는 정규 진급에 누락되어 좌절했을 때도 나를 혼자 있게 하지 않았다. 때마다 돌아오는 사격, 행군, 야외기동훈련도 두렵지 않았던 건 이들과 함께였기 때문이었다. 훈련 끝나고 늦은 시간에 복귀하는 나를 위해 침낭에 핫팩을 깔아주고 전투식량을 챙겨주었다. 같은 부대에 또래 여군 부사관 한솔, 승주가 있어서 나는 덜 외롭고 덜 헤맬 수 있었다.

전우를 넘어 가족도 생겼다. 희연 주무관님은 내게 언니 같은 분이다. 기쁜 일이 생겼을 때나 고민되는 일이 있으면 가장 먼저 얘기를 나눈다. 때로 나는 등짝 맞을 준비를 하기도 한다. 어떤 날은 팩트폭력으로, 어떤 날은 우쭈쭈한 격려로 내게 다양한 선택지를 제시하는 인생 선배다. 지수복 주무관님은 우리 아버지가 되셨다. 같은 부서에서 만나 딸뻘인 나를 유독 예뻐해 주시고 업무를 도와주셨는데, 결국 이렇게 가족이 될 인연이었나 싶다.

내가 참 좋아하고 존경하는 여군 원사님은 동료들을 "전우님~"이라고 부르곤 했다. 그때부터 나도 군복 입고 만난 많은 이들을 전우라고 생각하고 그렇게 불렀다.

어린이 독서교실 교사이자 작가 김소영 선생님은 자신의 책 『어린이라는 세계』 서문에 이렇게 적었다.

'어린 시절의 한 부분을 나누어 주셔서 감사합니다.
여러분을 아는 것이 저의 큰 영광입니다.'

나는 군에서 만나 인연이 된 이들에게 이렇게 말하고 싶다.

'제 인생의 전우가 되어주셔서 감사합니다.
여러분과 함께 군 생활을 한 것이 저의 큰 영광입니다.'

인터뷰

이하은 前 해병대 중위

나 이대 ROTC 나온 여자야~

한때 이 말은 우스갯소리였다. 우리나라 최초로 여성 교육의 문을 열고 수많은 리더를 배출해온 대학인 이화여대. 한편 ROTC는 2010년까지 남성 대학생들만의 영역이었기에 이대와 ROTC는 성립되지 않는 말이었다. 이후 이화여대는 2016년 11월에 학군단이 창설되어 지금까지 학군장교들을 양성해오고 있다.

이하은 해병대 중위는 이대 ROTC 출신에 해병대 나온 여자다. 이화여대 16학번으로 지리교육을 전공하고, 2020년 해병대 소위로 임관했다. 학군단 최초로 해병대 기갑 병과

여군 장교가 되었고, 해병대제1사단 상륙장갑차대대에서 소대장 임무를 수행하다 2022년 전역했다.
현재는 예비역 해병대 중위이며, 석사 3학기 대학원생으로 학업을 이어가고 있다. 군인과 군대는 물론이고, 아직도 사랑할 게 너무나 많은 이하은 前 해병대 중위를 만났다.

신나라　해병대에서의 생활이 쉽지 않았을 텐데, 군 생활의 모토가 있었다면 어떤 것인지?

이하은　인생의 좌우명이 '하면 된다!'이다. 안 되는 것도 물론 많은데, 시도하기만 하면 내가 원하는 정도까지는 다 된다고 생각한다. 예를 들어 "체력을 키우기 위해 어떻게 노력했냐?"라는 질문을 받은 적이 있다. 팔굽혀펴기를 1개도 못 했었는데 꾸준히 연습하다 보니까 특급 기준보다 훨씬 넘게 되었다. 군대에 있을 땐 더 많이 연습하다 보니까 남군 특급까지는 아니어도 남군 1급까지는 올라가더라. 하다 보

니까 계속되네? 느꼈다. 못하겠다 싶었던 건 많이 없었던 것 같다.

육군 특전사에 '안 되면 되게 하라!'는 말이 있다면 해병대는 '안 되면 될 때까지!'라는 말이 있다. 그런 깡다구로 대학원생과 학과사무실 조교 생활을 병행하는 지금도 일찍 퇴근하는 것보다 할 일을 다 끝내고 퇴근하는 게 마음이 편하다. 안 되면 될 때까지.

신나라　예비역을 선택한 이유가 궁금하다. 첫 번째 예비군 훈련은 어땠는지?

(2011년까지 여군은 제대할 때 무조건 퇴역이었다. 2011년 5월 군인사법 개정 이후 현역 여군 간부는 퇴역, 예비역으로의 전역을 선택할 수 있게 됐다.)

이하은　사실 예비역을 선택한 기억은 잘 나지 않는다. 평소 인사과 부사관이랑 친하게 지내면서 지나가는 말로 "소대

장님은 전역하면 예비역 하실 거냐, 퇴역하실 거냐" 묻기에 "당연히 예비역이다" 가볍게 얘기를 했던 기억은 난다. 그렇게 바로 반영되는 건 줄 몰랐다. 물론 퇴역을 선택하진 않을 거였다.

군에 그리움을 남기고 전역하기에, 예비역으로서 1년에 한 번씩이라도 군부대의 추억을 맛보고 싶었다. 전역하기가 아쉬워서 전역 전 휴가 26일을 반납하고 부대원들과 함께했다. 개인적으로는 근무지인 포항을 좋아해서 전역하고도 한 달 넘게 포항에서 자취를 했다.

원래 단기복무 자원이라 장기복무할 생각은 없었고, 복무기간을 연장할 생각은 있었는데, 부모님의 반대가 심하셨다. 사범대를 졸업했다 보니 부모님께서는 전역하고 바로 선생님이나 공무원을 하기 원하셨다. 그래서 대학원 가는 것도 반대하셨다. 오히려 직업군인 하는 건 찬성하셨다.

예비군은 올해가 1년 차이고 학생 예비군이라 하루밖에 안 갔다. 학생 예비군은 여군 참석이 드물어 시스템상 신청이

안 되고 전화로 신청했다. 훈련 가는 날에 버스를 타는데 담당 장교분이 버스 앞에서 "이하은 예비역 중위님, 오늘 파이팅 하십시오" 하더라. 해병대 출신 병사 학우 한 명은 마주칠 때마다 "수고하십니다" 인사하고 지나갔다. 훈련장에서는 여군 화장실이 멀리 하나만 위치해 있어 가기 힘들었던 점 하나를 빼고는 전반적으로 괜찮았다.

신나라 군 생활하며 기억에 남는 순간, 사람이 있다면?

이하은 처음에는 부대에서 뭘 하든지 눈에 띄는 존재였다. 부대에 내가 융화되었다고 느꼈을 때, 내 존재가 자연스럽고 당연한 존재가 되었을 때 굉장히 뿌듯한 순간이었다.
남초 사회인 군대에서는 여군을 '배려가 필요한 존재'라고 여기는 느낌이다. 남군들 딴에는 배려하고 신경을 써주는 거지만, 여군은 그 불편함을 알지 않나. 그래서 나를 꼭 "2소대장"이라고 부르시며 여군이라고 유난한 배려를 하지

않고, 티 내지 않고 지도해 주신 중대장님을 존경했다.

신나라 어려웠던 점은 어떤 것이었는지?

이하은 장비 부대에 근무하다 보니 부대원 중 부사관이 반 이상이어서 아무래도 텃세가 있는 편이었다. 갓 임관한 소위가 짬 높은 중사, 상사들까지 지휘하고 대하려다 보니 어려운 점이 많았다.

초급장교라서 모르고 모자랐던 부분이 있었다. 병사들이 장갑차 문을 대신 열어준다거나 부사관들이 "소대장님 이런 것도 모르시냐, 이대 나오셨다는 분이~" 하며 은근히 자존심 상하게 하는 경우가 있었다.

실무를 몇 개월 하다가 상륙장갑차 교육과정에 들어가기로 되어있었는데, 부소대장이 "소대장님 1등 못 해오면 소대장으로 인정하지 않겠다" 하는데 큰 자극이 되더라. 그 멘트 하나 때문에 몬스터(에너지음료) 2개씩 마시면서, 4시간만 자

고 공부하고. 인생에서 가장 치열했던 기간이었다. 결국 1등을 하긴 했는데, 장기복무를 희망했던 다른 교육 동기들이 결과를 좋아하지 않았고, 또 "여군이라서 점수 잘 준 거 아니냐"라는 말을 듣기도 했다.

여군으로서 힘들었던 점은 생리적인 부분이다. 갓 중위로 진급했을 때, 외부로 훈련통제를 가신 중대장님을 대리해 제대를 지휘한 적이 있다. 실전 경험이 부족한 상황에서 훈련을 준비하면서 스트레스를 많이 받았던 것 같다. 평소 월경이 불규칙한 편인데, 스트레스가 심할 땐 더했다. 당시에 4박 5일 야외숙영훈련이 월경과 겹쳤는데, 여군 화장실도 없고 씻지도 못해 불편한 경험이었다.

신나라 학군장교, 또 여군으로서는 드물게 해병대 기갑 병과를 선택한 이유는?

이하은 먼저 육군보다 해병대 근무 기간이 짧다. 한번 하는

군 생활 짧고 굵게 하는 게 낫겠다 생각했고, 백령도 같은 오지에 발령받아도 멋있고 재밌을 것 같았다. 해병대를 선택하면서 '최초' 타이틀을 많이 받았고, 동기들도 신기해하고 좋아해 줬다. 특이한 것을 좋아하는데, 운 좋게도 상륙장갑차부대에 첫 여군을 받는다고 해서 그 자리에 가게 되었다. 당시 보병, 포병, 기갑, 정보통신 병과 중에 선택할 수 있었는데, 딱 1명만 선발한다는 기갑 병과를 1순위로 희망했다. 기갑 병과에 선발되면 무조건 포항으로 간다는 정보를 입수했는데, 설레고 기대가 됐었다. 해병대는 기본적으로 팔각모를 쓰는데, 수색대와 기갑 병과만 베레모를 쓴다는 점도 자부심을 갖게 했다.

하은은 "얘기하면 얘기할수록 좋은 부대에서 잘 생활한 것 같다"라고 말했다. 나는 다르게 생각한다. 불평불만이 많은 사람은 아무리 편안한 환경에 있었어도 본인이 제일 힘들었다고 한다. 반면 하은은 어렵고 거친 환경에서도 낙관적

으로 강했고, 무엇이든 개척하고자 했다. 지난 군 생활에 대한 좋은 추억은 모두 하은이 직접 만들어온 것이다.

'유일무이(唯一無二): 오직 하나뿐이고 둘도 없음' 하은과 얘기를 나누며 내내 떠오른 말이다. 하은을 고유한 존재로 만드는 것은 이대 ROTC 출신, 해병대 장교, 국군의 유일한 상륙작전 전담부대에서 근무한 이력도 있겠으나, 나는 그것으로 충분하지 않다고 느낀다.

하은은 나중에 딸, 아들에게 "엄마 예비군 훈련 다녀올게~" 하는 상상을 하기도 한다고. 그 모습이 특별하고 의미 있을 것 같다고 한다. 이 말을 듣고 퇴역을 선택한 것이 아쉬워지기도 했다.

국가와 해병대를 사랑하는 만큼 사랑하는 자신의 미래와 꿈을 위해 달려가는 하은. ROTC, 여군이라는 공통점으로 인연이 되었지만, 블로거, MBTI 등의 더 많은 관심사로 가까워진 시간이었다. 인생 제2막을 시작한 그녀의 이야기를 앞으로도 계속 듣게 되길 기대한다.

내가 더 사랑했다

스무 살, 좋아하는 가수가 갑작스레 사망한 이후로 나는 끝을 두려워하게 되었다. TV를 보면서 이 프로그램이 끝나버릴 것 같아서 수시로 러닝타임을 확인했다. 푸짐하게 차려진 음식상을 보면서도 식탁이 금세 비고, 식사 시간이 끝나는 게 무서웠다. 누군가를 만나는 것도 마찬가지다. 함께 있는 시간에 충실하기보다는 언젠가 꼭 찾아올 마지막을 몇 번이고 시뮬레이션했다.

군 생활의 끝은 제대라고 할 수 있다. 자의 반 타의 반으로 전역을 마음먹은 순간부터 미래는 캄캄하게 느껴졌다. 군에 복무하면서 하고 싶은 게 많았다. 장교 후보생, 초급장교나 부사관들을 성장시키는 훈육관도 하고 싶었고, 파병도 가고 싶었다. 쭉쭉 진급해서 내 이름 뒤에 소령, 중령이 붙는 것도 상상했다. 모두 입대하면서 갖게 된 꿈이다. 서른에 제대하게 되면 사회에서 내가 뭘 할 수 있을까? 하고 싶은 일이 생기기나 할까? 막막했다.

고민하고 있는 순간에도 국방부의 시계는 쉼 없이 돌아가 결국 전역을 했다. 길다면 길고 짧다면 짧은 6년 4개월. 출신 때문에, 성별 때문에, 계급 때문에 받은 서러움과 억울함의 기억보다 더 오래 남는 것이 있다. 당시에는 분명 외롭고 슬퍼서 주저앉고 싶었는데, 지나고 보니까 괜찮았던 일들, 대화들, 웃음들. 전방부대에서 정신없이 지내고 있는 와중에 부서 병사가 수통에 꽂아준 꽃 한 송이…. 그런 게 날 살렸다.

후보생 시절부터 서른 살까지 10년 가까이 군과 군대 문화에 익숙한 채로 살았다. 아니다. 아버지가 직업군인이셨으니까 태어났을 때부터 지금까지 늘 군인과 부대에 둘러싸여 산 것과 마찬가지다. 그 울타리가 익숙하고 편안했다. 분명 내 군 생활은 "아버지가 원사(부사관 중 가장 높은 계급)시래" 하는 말들 속에서 보호받은 것도 있을 거다. 유니폼을 벗고 울타리를 걸어 나오는 날, 허전함에 눈물을 흘렸던 것 같다.

슬픈 마음은 잠시였다. 아무런 준비 없이 사회에 던져진 것치고는 하루하루 새로운 의욕이 생겼다. 1년 동안 퇴직금을 까먹으며 휴학생처럼 지내는 것도 좋았고, 자주 가던 카페에서 홍보 일을 맡게 되어 용돈을 버는 것도 재밌었다. 놀 만큼 놀았다고 느꼈을 때 제대군인지원센터 상담사님이 "대통령경호처 공보담당관에 지원해 보는 것 어때요?" 하셨다. 합격하진 못했지만, 다시 공무원이 되기 위해 체력과 필기 시험을 준비하면서 새로운 미래를 그릴 수 있었다.

서른 살, 이제 나는 끝이 마지막이 아니라 새로운 시작임을 안다. 전역을 하지 않았다면 사회생활이 이렇게 자유롭고 즐겁다는 것, 또 회사 동료들 사이에도 전우애가 생긴다는 걸 몰랐을 거다. 군 생활 동안 여군이기 때문에 피곤한 일도 많았고, 매 순간 내 능력과 존재를 증명해야 했다. 상처도 많이 받았지만, 나는 군을 미워하지 않는다. 군이 나를 사랑한 것보다 내가 더 군을 사랑했다.

성공적인 군 생활은 아니었지만 군대 나온 여자 대표로 많은 얘기를 한 건, 감히 후배들에게 여러 길이 있다는 것을 보여주고 싶어서다. 전역한 지 3년이 넘어가는 지금, 이제 '군 생활을 더 했다면 어땠을까? 소령, 중령이 된 내 모습은 어떨까?' 그런 생각은 하지 않는다. 멀리서나마 늘 군과 군인을 짝사랑하는 사람으로 남고 싶다.